U0908358

素年锦时 / 民国风情

萧然独立，清雅千秋

周小蕾——作品

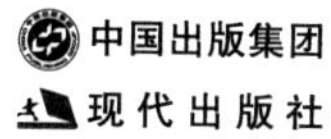
中国出版集团
现代出版社

目　录 | CONTENTS

目　录 | CONTENTS

序

如今，社会的发展早已步入后工业时代。人们的审美也多以物质为主，在这个文学平面化，阅读碎片化的年代，娱乐精神被放大，生活的灵光渐渐消逝。

灵韵消逝，诗人何为？我们何为？

文学的生存境遇堪忧，文人的精神更是罕见。文学不应是这般的存在。也许，在某个清闲的午后，独坐一隅手捧清茶，翻开民国书卷，在追忆往昔岁月的点滴里，便能寻找诗意，回归自我。

风起苍云。民国已走远，独留气韵风华。

若说民国是大家辈出的年代，那惊艳亮相的文人学者们定闪耀着最为璀璨的星光，这是属于他们的黄金时代。浪漫如徐志摩，爽性如沈从文，儒雅似朱自清……在他们的生辉妙笔下，我们才得以读到优秀的诗文，作为时代的弄潮儿，正是他们引领杏坛，启蒙新知。

那是一个值得追寻的时代。学长们在风云的起伏变化中依旧保持人格的独立，思想的自由。他们步履匆匆地走在救亡图存与民主自由的道路上，西装革履下是抹不掉的家国情怀，长袍马褂又岂能遮住悲悯之心。

那是一个风雨飘摇的时代。异族入侵，军阀混战，社会转型的剧痛迟迟未能消弭。作为一介书生，他们或勤耕于三尺讲台，播下思想启蒙的种子；或沉潜在古碑之下，沉思传统文化的未来之路；或举笔在报纸杂志之中，与无物之阵做殊死搏斗。

他们创刊办报，著书立言，在社会的各个角落掀起惊涛骇浪。他们的著述、学识和思想历经岁月的细磨熠熠生辉，千古流芳。他们的故事是整个民国最值得品味的，他们再现了那个时代最真实的情景，表现了心中最炙热的呐喊。

文学之生在民国，希望本书中九位风云学长的故事能让你体验到“一片冰心在玉壶”的质朴情怀。你看，那斑斓的上海，那静美的北京，他们的身影匆匆而过……

卷一

情话如诗浪子心——徐志摩

一语成谶铸传奇

上帝将一枚硬币抛上天，叮当落地时一面是热情洋溢的诗人，一面是风花雪月的男人。这就是永不老去的徐志摩。

没有徐志摩的诗坛是寂寞的，他的存在为中国新诗领域注入了新鲜的血液，在偌大的世界，也只有他有如此精神和勇气去追寻“梦想之神圣境界”。

对女人来说，徐志摩是一种“遭遇”。温婉贤惠如张幼仪，灵动聪慧如林徽因，风华绝代如陆小曼，才华横溢如凌叔华都无法逃脱他“浓得化不开”的温柔。但是他又像流星一样划破夜空而去，将时光定格，留下不朽的青春令世人唏嘘。

掩卷细思，似乎可以看见一个风雅的男人，清癯的脸庞上戴着精巧的金丝眼镜，纯净而清丽的眼神，这种眼神让人想起了晓风残月的淡雅，风吹竹涌的潇洒。

硖石，位于浙江海宁的一个山清水秀的小镇。

这座小镇有着悠久的历史，追溯起来，可以从秦代说起。据说，秦始皇在一次外出巡视时经过此地，听到有人唱“水市出天子”的童谣，又见此地紫气环绕，颇具王者气象。便命人从此地是山劈开，一分为二。

从此，于这两山之间的空地上诞生了一个新的小镇——硖石。一方水土养一方人，硖石的儿女们也在浓郁的文化气息和灵性山水间一代代传承。生于斯长于斯的徐志摩就是其中的一个典型代表。

在当时的硖石镇，徐申如的大名恐怕无人不知无人不晓，作为商会会长的他可谓荣耀一时。对这样一个家大业大的家族，子嗣的事可谓重中之重。

1897 年 1 月 15 日正值严冬，25 岁的徐申如在一夜的守候和焦心的等待下，迎来了自己的孩子，窗外刮着雪花，新生的孩子在屋内旺盛的炉火下睁大了眼睛。当时徐申如事业风生水起，适逢得子，想必意气风发。按照徐家的家谱，徐申如给儿子取名章垿，字槱森，小名又申。

待到小又申周岁那天用人进来禀告：有一个叫志恢的和尚，自称会摸骨算命，想要给小少爷算命。

徐父一听，立即将高僧请入。志恢和尚在小又申的头上仔细摸索着，最后双手合十对徐父说："施主，此子系麒麟再生，将来必成大器。"人如闻天机，喜不自禁。徐父在几番踌躇中决定给儿子改名：志摩。志乃志向，摩即实现志恢和尚摸骨的远大志向。

从此，徐志摩在家人的眼中便如戴了光环一样，集万千宠爱于一身。志恢和尚说得不错，徐志摩果然是麒麟再生。他虽然没有像徐父那般叱咤商场，却凭借与生俱来的感性思维和出众的才气成为中国新诗坛的宠儿。

徐志摩 4 岁时开始临帖习字，凭借自身天赋，他十多岁在当地就小有名气。14 岁时，徐志摩考上了杭州府中学堂。在这个风流与风雅并存的古城，烟雨古巷是诗，庭院深深是诗，曲院风荷是诗，断桥残月更是诗，他们唤醒了志摩心中沉睡的诗神，灵感如决堤的洪水奔涌而来。在杭州，他还结识了自己的同学——郁达夫，现代文学史上两大巨星就这样结缘。

徐志摩从小就喜欢仰望苍穹，那浩渺的星空似乎有种不可言说的力量，赐予他源源不断的创作灵感。他对天空有一种不可言状的痴迷与留恋，也许，真因如此，他才最终选择魂归离恨天。

在杭州读书的几年里，徐志摩成长为翩翩少年，他凭借着非凡的气质和出众的才华备受众人瞩目。这其中，便有一个叫张佳璈的人。

张佳璈何许人也？作为宝山县名门望族张家的第四子，其父亲张祖泽为儒医，其兄弟多为商界和政界名人。张佳璈见徐志摩如此优秀，不禁生起爱才之心，想起自己的二妹张幼仪尚未婚配，便做起了月老。

“小脚与西服”的结合

张幼仪虽生活在旧式家族，却是姐妹中唯一拥有天足的女子。她从小被父母灌输一套旧式的思想，平日里再微小的行动也要向父母禀告，所以她的终身大事，也都由长辈做主。

张幼仪第一次听到自己丈夫的名字是在她 13 岁。那天，她放学回家，父亲递给她一个银质的相片盒，只见照片上的人文质彬彬，目光纯净。张幼仪看了一眼，只是淡淡地说了一句“我没意见”，便走了。因为她自知反正自己的婚姻大事也由不得自己做主。

徐志摩在看到张幼仪的照片却不平静，很嫌弃地说了句：“乡下土包子。”

是啊，徐志摩是浪漫的、多情的，他憧憬的爱情是浓烈的欢恋，对于长相平平的妻子自然不甚满意。怎奈双方家长极力促成这门婚事，于是一场“小脚与西服”式的婚姻就这样开始了。

新婚之夜，徐志摩掀起了新娘的盖头，也是那一刻，二人才首次相见。据张幼仪回忆说：“他看我的眼神始终都很严肃。”

熟悉徐志摩的人都知道，徐志摩是爱笑的，他绝不吝啬于把自己的快乐传递给其他人。之所以对妻子如此，或许是真的不爱吧。新婚之夜徐志摩没有和张幼仪说一句话，张幼仪也未开口，也许，他们间的沉默就是从那时开始的。

后来，张幼仪为徐志摩生下一名男孩儿，起名阿欢。初为人母的女子本以为有了孩子生活会日渐圆满，丈夫的心也会慢慢归属，可徐志摩要出国留学的消息再次使她的期望落空。

1920 年，在张幼仪二哥张君励的一再催促下，徐志摩决定把张幼仪接到英国。

多年之后张幼仪忆起徐志摩接她的情景，毫无感情地说："我在甲板上探着身，不耐烦地等着上岸。然后我看到徐志摩站在东张西望的人群里，同时心凉了一大截。他穿着一件瘦长的黑色毛大衣，脖子上围了条白色的丝质围巾。虽然我从未见过他穿西服的样子，但是我晓得那是他。他的态度我一眼就可以看得出来，不会搞错，因为他是那堆接船的人当中唯一露出不想到那儿表情的人。我们已经很久没在一起了，久到我差点忘了他一向是那样正眼都不瞧我一下，将眼光直接掠过我，好像我不存在似的。"

想必张幼仪是悲哀的，自己的丈夫对他如躲避瘟疫般避之不及，但更悲哀的是自己并没有任何错。她确实不适合做他的妻子，正如张幼仪多年后感慨地说："当志摩的朋友远比当他的妻子幸福。"

徐志摩将张幼仪安置在伦敦郊外的沙士顿镇，还为妻子请了一名教师，为她教习英语。但由于路途遥远，老师来过几次就推辞了。语言不通的张幼仪便成了孤单的家庭妇女，一天的工作都围绕着丈夫，照顾他的饮食起居。

张幼仪是聪慧的，在与徐志摩的接触中，她已经有了不祥的预感，只是自己迟迟不愿面对。她的性格向来隐忍，他不说，她就不问。但生活就像和她开玩笑似的，在暴风雨来临的前夕又一次赐予这对夫妻“爱情的结晶”。

当张幼仪将此事告诉丈夫时，回应她的只是一句冷冰冰的话，“把孩子打掉。”

张幼仪吃惊地说：“我听说有人因为打胎死掉了。”

诗人向来善于言辞，就像此刻，他为妻子举例子道：“还有人因为火车事故死掉呢，难道你看到人家不坐火车了吗？”

不久，徐志摩终于向张幼仪提出了离婚的要求。张幼仪激动地跑了出去，徐志摩一路追她到阳台，气喘吁吁地说：“我以为你要自杀。”

张幼仪望着外面黑暗的夜色，又回头看着徐志摩那张被客厅透出来的灯光照亮的脸，那一刹那，他们之间所有的痛苦、误解、分歧都荒唐地凑在了一起。这场婚姻走到如此地步，确实该结束了，“小脚”

与西服确实是不能共融，更何况背后还有一个光芒璀璨的女子——林徽因。

徐志摩是很少给张幼仪写信的，但是为了完成离婚这桩“伟业”，被情感刺激的他写给张一封流传很广的信：

真生命必至奋斗自求得来，真幸福亦必至奋斗自求中得来，真恋爱亦必至奋斗自求得来！彼此前途无量……彼此有改良社会之心，彼此有造福人类之心，其先自作榜样，勇决智断，彼此尊重人格，自由离婚，止绝苦痛，始兆幸福，皆在此矣。

康桥一见倾终身

徐志摩之于张幼仪，就像一个冷血动物。可他对另一个女人——林徽因，却永远如阳光般充满笑容与耐心。在雾都茫茫的英伦，他站在康桥上，于千百次的回眸中邂逅了让他铭记一生的容颜，终其一生都在为她燃烧。他甚至抛妻弃子，想要与她共度一生。

梁实秋曾说：“一个男人要找一个心爱的貌美的女子自由地结婚，这是一个平凡的希望，哪个男人都有这样的想法。”但徐志摩把这种追求与结合视为“生命之曙光，不世之荣业”，就难于蜀道了。徐志摩一生的信仰就是“爱、自由、美”，在他的生命中对爱情的追求永远排首位。

徐志摩在康桥求学时，有一次去老友林长民家做客。为他开门的是一位少女，只见她穿着一件浅色的中式上衣和一条深色的长裙，乌黑的头发梳成两条辫子自然地搭在肩上，白皙的面庞上一双眸子清婉如水，透着智慧的光芒与灵动的秀气。

徐志摩是见过大世面的人，寻常女子怎会走入他的梦中，但眼前这个女子如同误入凡间的仙子一样，带着绚烂的光芒一步步走进了他的视线。

林徽因自小跟着父亲游览世界各地的风光，接触不同的风土人情，她的眼界早就超过了一般的闺阁小姐。在与林徽因的多次交流中，徐志摩发现她不仅有着跳跃的思维、清晰的见解，还有十分浪漫的情怀，完全满足了自己对一个妻子的所有遐想。于是诗人的激情再次被唤醒：

今天晚上有半轮的下弦月，我想携她的手，往明月多处走——一样是清光，我说，圆满或残缺。

在徐志摩热情似火的追求下，林徽因也做出了对爱情的回应：

这一定又是你的手指，轻弹着，在这深夜，稠密的悲思。我不禁颊边泛上了红，静听着，这深夜里弦子的生动。一声听从我心底穿过，忒凄凉，我懂得，但我怎能应和？生命早描定她的式样，太薄弱，是人们的美丽的想象。除非在梦里有这么一天，你和我，同来攀动那根希望的弦。

从这两首诗中不难看出，林徽因已沦陷于徐志摩的温柔和才情之中。但她又是何等聪慧的女子，将爱情和婚姻分得那么清楚：

爱情和婚姻是两棵树。爱情的树不一定能结出婚姻的甜美果实，就像婚姻的树也不一定能开出爱情的花朵一样。你的悲思我可以听懂，我也感动得颊边泛红，但是这太过凄凉的声音我怎能应和。你我都清楚你是有婚姻的人，你不仅有老婆，还有孩子，我又怎么忍心去做那个破坏别人家庭的人。

徐志摩的爱太重又太浓烈，林徽因根本就无法担负这浓浓的爱意。但被爱情冲昏头脑的徐志摩根本来不及去考虑这场感情的结局，就毅然向身怀六甲的妻子提出了离婚的要求，他是何其多情却又何其无情啊。

坏事传千里，徐志摩离婚一事很快传到国内，他的恩师梁启超远隔重洋写信忠告于他：不能以他人痛苦而快乐，恋爱可遇而不可求。

不得不说梁启超是一个睿智的人，局外人看局内人总是看透了一切。而局内人徐志摩却中了爱情的蛊，以绝不妥协的姿态回信：我之甘冒世之不韪，竭全力以斗者，非特求免凶惨之苦痛，实求良心之安顿，求人格之确立，求灵魂之救度耳。……我将于茫茫人海中访我唯一灵魂之伴侣；得之，我幸；不得，我命，如此而已。

这边徐志摩正对自己所追求的爱情颠覆整个世界，那边阅世颇丰的林长民却带着爱女另觅他处，独留徐志摩一人伤怀。

1924 年 4 月，64 岁的印度诗人泰戈尔来华。徐志摩与林徽因二人担任翻译，并负责安排这位贵客的行程。

在北京欢迎泰戈尔的集会上，徐、林二人陪同左右，侧立两旁。当天，北京各大报纸都开辟醒目版面渲染这次集会的盛况，其中李欧梵在《浪漫一代》中说：“林小姐人艳如花，和老人挟臂而行，加上长袍白面，郊寒岛瘦的徐志摩，有如松竹梅的一幅岁寒三友图。”

长者衣袂飘飘，一对青年宛若璧人。民国初年，这如诗如画的一幕至今被传为美谈，引人无限遐想。

为了庆祝泰戈尔 64 岁寿辰，新月社在礼堂为泰戈尔演出名剧《齐德拉》。而徐、林二人分别在剧中扮演角色，平时不能流露的感情与不可言说的话语都借着剧中之人的口中吐出，演戏的人是真有情，看戏的人也是真有心。泰戈尔在听完徐志摩讲述对林徽因的感情之时，深为这对子女惋惜，甚至亲自出面代徐志摩求情，却未使林徽因动心。

爱真的是一场催眠，醒来之后你被谁吸了灵。这就是为什么爱过之后，总觉得不仅失去了她，也失去了一部分自己。被爱的人总是掌灵者，去爱的人反而失魄。在每一段真心付出的感情中，总有一个人献祭了灵魂，收获了残忍。深深地在深夜里面坐着，闭上眼回望过去的烟云，她却还是一枝冷艳的白莲，斜靠着晓风，万般玲珑。

泰戈尔得知撮合无果后，也十分失望，只好爱莫能助地作了一首诗：

天空的蔚蓝，爱上了大地的碧绿，他们之间的微风叹了声“哎！”

天空与森林只能远远地对视，但是永远也不可以在一起，就如同鱼和飞鸟的距离，相爱却注定要分离。

也许正是这种“求不得”才让徐志摩永远难以忘怀林徽因。陆小曼曾跟朋友说过：“志摩是浪漫的诗人，他憧憬的爱是虚无缥缈的爱，最好是永远处在可望而不可即的境地，一旦与心爱的女友结婚了，幻想就破灭了，热情也没有了，生活就变成了白开水，淡而无味。”

由此可见，能揣摩志摩的女人就数陆小曼了。

而今才道当时错

林徽因的离去对徐志摩而言，是一个致命的打击，造成了他情感上的一段空白期。他悲戚地转身，不想却遇到生命中的第三个女人。徐志摩和陆小曼的相遇，可谓“金风玉露一相逢，便胜却人间无数”。

提起陆小曼，当时北京高级社交场所无人不知无人不晓。胡适曾说：“陆小曼是北京一道不可不看的风景。”是的，她是一道风景，是别人站在窗户底下欣赏的风景，装饰着别人一个又一个美丽的梦。

陆小曼出身名门，曾就读于北京女子师范大学附属小学，接受过新式思想，也曾学习过英语，曾在北洋政府担任过外交翻译，逐渐闻名北京社交界。当徐志摩见到静如处子、动如脱兔的陆小曼时自然难以移开双目。

在迷离的灯光和嘈杂的音乐中，他们二人在舞池中徜徉，一个是窈窕淑女，一个是倜傥绅士，在舞步的变幻中他们的心也随之跳动。最后甚至到了“有美人兮，见之不忘，一日不见兮，思之如狂”的地步。

徐志摩定是穷追不舍的，但事实却是“凤飞遨翔兮，四海求凰，无奈佳人兮，不在东墙。”

为何佳人不在东墙？原来陆小曼是有妇之夫。所以徐志摩和陆小曼的恋情其实是一场“使君自有妇，罗敷自有夫”的尴尬之恋。

多重巧合聚在一起就会成就一个又一个故事。陆小曼的丈夫王赓是当时国民党的将领，毕业于美国西点军校，在美国留学之时与徐志摩相识，同为梁启超的学生。但怎奈王赓是一个典型的“工作狂”，娶到陆小曼这样一只名贵的“金丝鸟”，只是为她筑造华丽的鸟笼，从此置之高阁，不闻不问。

徐志摩的出现弥补了陆小曼心灵上的空缺。为掩人耳目，陆小曼经常要求王赓陪自己游玩，但是她心中清楚，丈夫是不会有时间陪自己的，果不其然，王赓每次都会对小曼说：“我很忙，志摩爱玩儿，让志摩陪你去玩儿吧。”就这样，徐、陆二人常常出双入对于交际场合。

接触的次数越来越多，二人似乎成为性情相投的“玩伴”。陆小曼沉迷戏曲，闲暇时总爱找名角儿学戏，又凭借其名媛身份，要出席演唱为灾区集资，演的是《牡丹亭》里面的《春香闹学》一出，无奈却缺少扮演老学究的陈最良。而徐志摩也热爱戏曲，经小曼多次央求，一向清高的他也走上了舞台。

平日的他是博学多才、谈吐诙谐的翩翩君子，舞台上的他却是泥古不化、恪守教条的老学究。戏里戏外，云泥之别。陆小曼则扮演机灵活泼好动的丫鬟春香。在正式演出之前，二人曾有过多次的排练，朝夕相处的日子里有一种感情在慢慢升温。

也许，徐志摩和陆小曼才是天造地设的一对。都喜欢风花雪月的浪漫，都可以为情痴狂，如狂风遇到暴雨，来势凶猛。有时，他们也离开灯红酒绿的舞厅，告别咿咿呀呀的剧院，来到大自然的怀抱，倾听风声，细数雨声。徐志摩曾作诗：

啊，她身上有朱砂梅的清香！

那时我凭借我的身轻，

盈盈的，沾住了她的衣襟，

贴近她柔波似的心胸——

消溶，消溶，消溶——

溶入了她柔波似的心胸！

在徐志摩的爱情的呼唤中，陆小曼的灵魂终于醒来。她意识到自己不能再做一只被圈养的金丝鸟，她要飞出去寻找自己的天空。

随着徐、陆二人恋情的升温，绯闻也被传得绘声绘色。纵是迟钝如王赓也知晓了二人的恋情，最心爱的女人将一个绿帽子狠狠地扣在了自己的头上，怎么能不生气，更何况他还是一个血气方刚的军人。

在王赓、陆家父母及社会舆论的重重压力之下，徐志摩只好和胡适商量以求出国暂避风头。而王赓也将带陆小曼去别处赴任。随着徐志摩的离开，大家都认为这场叛逆之恋会宣告结束。

但怎料二人皆为情种，徐志摩虽然置身国外却也和陆小曼保持书信的联系，而陆小曼虽然近乎被家人幽禁，但是仍不忘写日记来表达对徐志摩的思念。王赓看着妻子终日在自己的身边心里却想着其他的男人，于是选择了放手——和陆小曼离婚。

1926年8月14日，徐志摩和陆小曼在北京北海公园举行结婚仪式。梁启超的证婚词令满堂宾客大为吃惊，他说："志摩、小曼皆为过来人，希望勿再作过来人。徐志摩，你这个人性情浮躁，所以在学问方面迄无所成，你这个人用情不专，以致离婚再娶。陆小曼，你要认真做人，你要尽妇道之职。你今后不可以妨害徐志摩的事业。你们两人都是过来人，离过婚又重新结婚，都是用情不专。以后要痛自悔悟，重新做人。愿你们这是最后一次结婚。"这样的证婚词可谓空前绝后。

有些花，终会安然绽放，馨香袭来；有些人，注定美艳动人，无人企及。

陆小曼这样的女子，宛如一位不食人间烟火的仙子，生活的琐碎不能将她困住，因为那至美无极的爱情才是她一生寻求的灵魂。然而，诗人褪去了浪漫和多情，还是要为她纸醉金迷的生活埋单。

痴缠浓情几多苦，爱到深处总寂寥。饮食不规律使陆小曼患上胃病，为陆小曼诊治胃病的翁瑞午却借着看病的名义让陆小曼染上了鸦片。徐志摩在为了家庭开支东奔西跑于各大高校代课，陆小曼在香榻上和别的男人吞云吐雾，曾经的激情全部化为灰烬。徐志摩曾在诗中无奈地写道：

阴沉，黑暗，毒蛇似的蜿蜒，
生活逼成了一条甬道
一度陷入，你只可向前，
手扪索着冷壁的粘潮，
在妖魔的脏腑内挣扎

1931 年 11 月徐志摩受林徽因邀请去北京参加一个关于中国建筑艺术的讲座，为了节省路费，徐志摩选择用彭勇赠送的邮政机票登机。不想飞机在济南上空时，突遇大雾，撞上了白马山，徐志摩也因此遇难。他和雪莱一样都是英年早逝，一个选择了碧空万里的天空，一个选择了辽阔无边的大海，也许只有天高海阔才能容纳诗人不平凡的心胸。

轻轻地我走了，正如我轻轻地来；我轻轻地招手，作别西天的云彩。

诗人远去，却把悲伤与牵挂留给了世人。徐志摩的儿子阿欢在张幼仪的嘱咐下，出面殓葬自己的父亲，而陆小曼却因为不肯接受现实，拒绝认领徐志摩的尸体。

多年以后，张幼仪对自己的侄女说："你们总是问我爱不爱志摩。你晓得，我没办法回答这个问题。我对这个问题很迷茫，因为每个人总是告诉我，我为徐志摩做了这么多事，我一定是爱他的。如果照顾徐志摩和他的家人可以叫做'爱'的话，那我大概爱他吧。在他一生当中遇到的几个女人里面，说不定我最爱他。"

也许，诗人应该永远年轻，就像雪莱和济慈一样，让时光定格，让青春永垂不朽。徐志摩活着的时候像天空一道灿烂的长虹，离开时则像平地一声雷，震碎了我们的心胸。也许，他所憧憬的天空正是他所希望的归宿。

卷二

兰者为王，清雅千秋——胡适

古典风韵出才子

那是一个急剧变革的时代，有一群热血的青年。他们满怀激情，他们奋力呐喊。灼人的火焰中泛着红色，那是他们的血脉在燃烧。那个时代需要血色浪漫，亦需要静水流深。

灼人的火焰之中，兰花在徐徐绽放。那是中华文化的温文尔雅，亦是西方文明的自由开化。兰者为王，清雅千秋。在那个百花争艳的时代，兰心蕙质的胡适，留下了浓墨重彩的一笔。

胡适是温和的，温和不是指软弱，而是他包容的气度。面对默默无名的青年林语堂，胡适慷慨地资助他、鼓励他；面对鲁迅等人的辛辣讽刺，他并不反击，反而能对鲁迅的成就给予公正而客观的评价；

面对大陆几百万字的批判浪潮，他淡然处之，认真研读后甚至想回信探讨文章中的几处不当。他的为人处世，他的逸闻趣事，处处彰显着一位学者的气度和胸襟。

胡适的好脾气很大程度上要归功于母亲的家庭教育。虽然出生在一个大家庭，但胡适是孤独的。胡适的父母结婚时，其父已有三个儿子和两个女儿，他们比胡适的母亲还要年长。父亲在胡适三岁的时候撒手人寰，留下年仅 23 岁的母亲照顾家庭。

在旧社会，女性的地位本就不高，继母的情境更可想而知，不仅要抚育年幼的胡适，还要照看比自己年长的继子们，其中有多少不为人知的艰辛。

有一次，当胡适的母亲提出要让胡适读书时，她的第三个儿子侧过头轻蔑地笑了，这一幕胡适的母亲看在眼中。她没有动怒，待大家散去，才飞快地回到房里，眼泪簌簌地掉了下来。可见，胡适的母亲为了胡适，忍下了多少的泪水与无奈。

对于胡适，母亲是严厉的。是母亲，让胡适懂得了什么是以身作则，什么是和善忍让。母亲也时常监督胡适的言行举止，告诫胡适要努力读书，做一个像父亲一样的人。

胡适做错的事，母亲会在次日清晨告诉胡适，让胡适认错，叮嘱胡适用功念书。对于胡适的严重错误，母亲则会用严厉的眼神当场提醒胡适，却不让他失掉尊严，待到回屋才惩罚他，并不允许胡适哭出来。理由很简单：教训儿子是为了让儿子成才，而不是给别人听的。

严父般的谆谆教导让胡适成了一个温文尔雅的谦谦君子，慈母式的关爱则在胡适的心中留下了一份柔软，铭记着人性的关爱。

有一次，母亲惩罚胡适，让胡适跪着不许睡觉，胡适就跪着哭，用手擦眼泪，不知擦进了什么微菌，足足害了一年多的眼翳病，医来医去，总也不好。

母亲心里又悔又急，听说眼翳可以用舌头舔去，有一夜，母亲把胡适叫醒，真用舌头舔那病眼。那一刻，草木含情，山川温柔。胡适亦在文中说："这是我的严师，我的慈母。"言语之间，满是对母亲教育的敬佩，关爱的感动。

胡适不仅有温文尔雅的品质，外貌气度亦如兰花般文雅。

胡适幼时体弱，不能跟着调皮的小孩儿嬉闹，母亲亦不准胡适和他们乱跑乱跳。小时不曾养成活泼游戏的习惯，使得胡适无论在什么地方，总有一股书卷墨香之气。所以家乡老辈都称胡适“像个先生样子”，遂叫胡适“穈先生”，可见胡适自小便满身的书生气。

胡适的父亲虽已亡故，但他在胡适的生活中仍然有着非常大的影响。胡适的母亲常常提醒胡适要做一个像父亲一样完全的人，这是父亲的正面作用。但在一个父权社会中，父亲的缺失则代表着由父亲所承载的社会权力的缺失。

尽管母亲可以教子，但她依然无法取代男性被传统社会所接纳，所以少了很多话语权，这就使胡适受到了相对自由的环境。因此，父权缺失使得生处乱世的“无父一代”被社会推到了边缘化的地带，在逐渐弱化的家庭羁绊下，他们能够更加渴望改变旧有的社会秩序，用自我的改变来埋葬旧日的一切。

也正因如此，当面对国家主导的新式学校时，胡适这个被迫渴求

“长大成人”的“子”仿佛看到了新的希望，他想借助这个机会走出乡村和传统的通衢。新时代的新政策解除了胡适在物质上的困窘之忧，使胡适可以破除经济上的窘迫而有了一展宏图的物质基础。

于是，14 岁的胡适带着母亲教导的谦和与包容及父权缺失下祈求改变的心理，远走他乡，独自混迹于广漠的人海，踏上孤独的求学之路。

胡适先读公学，后来到康奈尔大学和哥伦比亚大学就读，由农学转到哲学，思想上受杜威的实验主义影响较大。

1917 年，当胡适还是美国哥伦比亚大学的研究生时，他已在《新青年》上发表《文学改良刍议》，提倡使用白话文写作，文章一发表，宛如石破天惊，在国内掀起惊涛骇浪。

胡适虽在外求学多年，但在国内胡适早已是具有一定影响力的人物。1917 年，胡适获得博士学位学成归来，并成为北大最年轻的哲学教授。

北大的学生对老师素来挑剔，教务处派老师傅斯年去听胡适上课，以此来决定要不要将这个新来的留学生从北大哲学系赶走。傅斯年听了胡适几堂课后对学生们说："这个人，书虽然读得不多，但他走的这一条路是对的，你们不能闹。"因此胡适留在了北大教授哲学系。

在北大，胡适像一个不断吸纳包容思想的磁石，包容和兼爱着不同的声音与思想，并身体力行，用实践去践行自己的主张。而他的学术选择也很大程度上偏靠于"谈墨"，墨家的兼爱思想成了胡适一生的品德。

胡适有着兰一般的文雅和高洁，但也就是这样一个温文儒雅的学者，吓怕了当时侵华的日本人。

有一次，蒋介石政府派胡适出任中国驻美大使，该消息传到日本后，内阁上下甚是担忧，当时社会舆论甚至提出，日本驻美大使应该派三个人同时担任才可以与胡适相抗衡，这三个人分别是当时日本国内非常著名的文学专家鹤见祐辅、经济专家石井菊次郎和雄辩家松冈洋右。由此可见胡适涉猎领域之广。

胡适有很高的古典文化学术修养,《红楼梦》、《三国演义》、《老残游记》等小说是旧时文人爱不释手的经典，作为一位上过旧式私塾的人，胡适也不例外地喜欢它们。但胡适不是浅尝辄止，而是花费大量的心血去研究这些经典，著述六十万言并结集出版为《中国章回小说考证》。态度严谨、见解独到，令人咂舌。

《红楼梦》是古典文化的经典之作，围绕《红楼梦》而形成的学术研究被称为“红学”，胡适则是红学研究的一个重要的转折人物。他将古典小说纳入了学术研究正轨，还取代蔡元培为代表的“索隐派”旧红学，成为新红学派——考据派的创始人，是胡适发现了并且拥有《乾隆甲戌脂砚斋重评石头记》(即所谓“甲戌本”)孤本。

虽然对《红楼梦》研究贡献巨大，但胡适本人却看不起《红楼梦》，认为《红楼梦》思想上不及《儒林外史》，艺术技巧比不上《老残游记》。他当时研究《红楼梦》，也只是为了向世人宣扬“要教人疑而后信、考而后信、有充分证据而后信”的道理，此外胡适还著有《中国禅宗史》，对禅宗的研究发展也有着巨大的激励作用。

也许是在书堆里浸淫过久，胡适的一言一行满是书生气质。季羡林就曾经这样评价胡适“是一个书生，说不好听一点，就是一个书呆子”。

胡适还有一项非常重要的成就，那就是对《水经注》的版本研究了近 20 年。对于胡适对《水经注》的痴迷，季羡林曾说起一件趣事：胡适曾在一次会议前声明有要事，待会要提前离席，本都打算好走了，但是因为会上突然有人谈到《水经注》，他便立刻精神抖擞，滔滔不绝地谈开了，无论何时，对文学的探讨总是能够吸引着胡适。

新文化的文坛巨匠

对古典文学的研究显示着胡适深厚的文化积淀，而胡适在新文化运动中的突出贡献则说明胡适的进步性。

曾经有这样的说法，随意提问一个五四时期的知识青年：“你喜欢读什么杂志？”他一定会毫不犹豫地回答你：“《新青年》杂志。”如果你进一步询问：“你最佩服的人物是谁？”答案一定是：“陈独秀和胡适。”

在埃德加·斯诺的《西行漫记》中便提及毛泽东也承认“（胡适与陈独秀）他们代替了已经被我抛弃的梁启超和康有为，一时成了我的楷模。”通过时人的反应，足以可见胡适对于当时的影响有多大。

胡适的《文学改良刍议》语气平和，刍议两字也甚是谦虚，但是这篇文章却应该视作白话文向文言文挑战的滥觞之作，气定神闲、温文尔雅间竟掀起了巨浪狂风，为白话文运动赢得了开门红，改变了中华文化长久以来言文分离的现状。这也正是为什么五四前后的知识青年往往非常佩服胡适的原因。

爱好文学者，自然是喜爱吟诗作诗的。不过胡适的创新之处在于胡适写的都是白话诗，还编辑了一本白话诗集——《尝试集》。《尝试集》中主要是表现民主自由、个性解放和人道主义的思想，有着反封建的时代色彩和积极意义。

就艺术审美方面看，胡适的《尝试集》所推崇的主要是“诗体大解放”，把从前作诗的一切束缚统统推翻，这便是诗体的解放。

“两只黄蝴蝶，双双飞上天。不知为什么，一个忽飞还。剩下那一个，孤单怪可怜；也无心上天，天上太孤单。”这首诗应该是胡适现代诗歌当中最为人所知道的一首，但是现在很多读者读后便觉得寡然无味，认为这根本不该称之为诗。

这首诗确实过于简易、平淡、通俗，但是胡适的诗歌意义更多的在于他用白话写作诗歌的伟大尝试以及诗歌思想上对自由、民主的追求。从《尝试集》我们可以看出，文学创作非其所长，胡适的主要贡献在于开拓之功。

纵观胡适大半生，胡适在学术和生活上的选择一定程度上都达到了“约束条件下的最优”。其早期在美留求学期间的两次选择，可谓明智至极。

一次是弃农学转而哲学。胡适自述中认为农学“实在是违背了个人兴趣。勉强去学，对我来说实在是浪费，甚至愚蠢”。而当时中国正处于大变革时期，各种思想和制度处于一片混乱，这些促使胡决定弃农学转而文科。

另一次是他从康奈尔大学转入哥伦比亚大学，追随实用主义哲学大师杜威。胡适原本是批杜的，但是当他潜心研究杜威理论来寻找批杜的依据时，却被杜威的理论深深吸引，于是毅然决然地转学到哥伦比亚大学追随杜威。从此之后胡适终生思想都深受杜威的实验主义影响，并将这门理论引入中国，用于指导中国的新文学建设。

关于胡适和鲁迅这两个伟大的人物，后人总喜欢将他们相比较。有学者认为少不读鲁迅，老不读胡适。换言之，少年时多读胡适，老年时再读鲁迅不迟。青年的时候本就是一个满是抱负和激情容易产生戾气的年纪，而鲁迅文风辛辣尖锐，读后让人觉得义愤填膺，满是愤然之气，因此青年时不适合读太多鲁迅。而胡适本就是那种温和、平易、葆有希望，多读可以舒缓情绪且保持着前进的希望。少年多读胡适，易养成健康的心理；老年多读鲁迅，则减少暮气。胡适与鲁迅从不同的思想层面给予人们以重要影响。

胡适曾经在致鲁迅和周作人的书信当中说道：“我是一个爱自由的人，我最怕的是一个猜疑、冷酷、不容忍的社会，我深深感觉你们的笔战里有一种不容忍的态度，所以不知不觉的影响了不少的少年朋友，暗示他们朝着冷酷、不容忍的方向走，这是备可惋惜的。”

胡适的思想里虽然追求自由，但是他认为容忍比自由更重要，这显示出胡适谦谦君子海纳百川的胸怀。不仅在他主张的言语中是这样的，胡适在平常生活中的处世之道正是如此。胡适和陈独秀虽然都是新文化运动的领袖人物，但是两人的政见不同。虽是如此，却并未影响他们的友情。陈独秀多次被捕，胡适都竭力营救。

胡适的儒雅谦和在他的教育思想上显现良多。胡适在回忆母亲的文章中说道："世界上最下流的事情就是一张生气的脸给别人看。我觉得最最下流的事情是把自己的坏情绪发泄到无辜的人身上。"在胡适看来，每个人都是独立、自由的，不应该将自己的情绪施加在别人身上。胡适最著名的主张是"大胆的假设，小心的求证"，这可以看出他做学问的细心和严谨。

胡适学贯中西，在各个方面都受到中西文化的影响。他的身上既具有中国的忠恕，又有西方的绅士教养，便从来不恶语伤人。

20 世纪 20 年代起，胡适誉满天下，因此谤亦随之，青年学生、左派作家不断用各种非常激烈、恶毒的字眼来攻击他，胡适成了箭垛式人物。

但他从来不回击，面对新中国学者几百万字的批评文章，远在海外的胡适淡然相对，甚是认真地阅读起来，而且还做出了批注。胡适本打算写信和内陆的学者就批判文章的几个地方讨论一下的，但是被好朋友给劝下了。

有趣的是，新中国成立后的胡适遭遇了大规模的批判，后来者分析很有可能与胡适少有的出言不逊有关。在埃德加·斯诺的《西行漫记》中毛泽东就尊称胡适为自己的老师，但胡适在接受记者访问时却说：“他不是我的学生，他当时只是在北大图书馆做事。”然后又直言道，“按照毛泽东当时的水平，他考北大是考不上的。”

胡适是一个非常有原则的人，这与兰的高洁清雅气质有着某种契合。

首先，胡适重孝道。他一直非常看重母亲的想法和感受，这是为什么追求自由解放的现代教授会与小脚媳妇成亲的一部分原因。

其次，胡适唯才是举，有着家乡徽州素来追求的“勤奋斗、重教育、攀乡党”的优良作风，对于学识渊博、品性良善的青年才俊，胡适都不吝伸出援助提拔之手。

最重要的是胡适有着明确的道德标准，这也是他兰者气质最重要的一点。当时胡适的叔父希望借胡适的名声来为自己的茶做广告，并称自己的博士茶可以有医疗的疗效并帮助捕捉灵感。对于亲友这种借自己之名进行虚假广告宣传的请求，胡适义正词严地拒绝了。

小脚女人与文学博士

对于名人，人们津津乐道的往往是他们的风流韵事。胡适本是风流才子，又兼多情，自然韵事不断。

不过胡适这个穿着西服的新式大学教授，却服从父母之命、媒妁之言与小脚媳妇江冬秀成亲。在当时，一个新文化运动的先锋，竟娶了个乡村小脚夫人，不得不说是一件奇闻。因此，这段小脚媳妇、西服先生的婚姻常常被人们在茶余饭后拿来做谈资消遣。

一个是久居深闺的小脚媳妇，一个是学识渊博的西服先生，在外人看来，这是多么不配。但这对看似不相配的婚姻却结了一辈子的缘分，守了一世的诺言。

江冬秀与胡适并没有才子佳人的一见钟情的浪漫故事，不过是江冬秀的母亲在胡适外婆家一眼看中胡适的知书达理、眉清目秀，于是托先生、做红娘、合八字。而胡适的母亲又在装有很多写有八字纸条的罐子中抽到了江冬秀的八字，一切似乎都是注定的却又像是巧合。或许姻缘早已注定，两个豆蔻年华的少男少女便已遵照父母之命、媒妁之言定下婚约。

旧时的订婚便已经将两个年轻男女的命运紧紧地勾连在一起。但后来，胡适出外读书留学，一去便是十多年，江冬秀则把最好的年纪里全部消耗于闺房之中，等待那个素不相识的他。十多年的等待不仅消耗着江冬秀花样的年华，而且也让爱看热闹爱说八卦的人开始起哄，佯言胡适在外已经结婚生子。

不过江冬秀却一直相信胡适，并且朝着胡适追求的自由解放作出自己的努力。于是作为旧式女子的江冬秀选择了放足，这一点后来也受到丈夫的赞赏。

1917 年是胡适大放异彩收获功与名的一年，也是江冬秀守得云开见月明终于与未婚夫重逢的一年。

这年胡适回乡看望老母亲，商定着结婚的日期并决定结婚前见江冬秀一面。不过新时代教授的自由开放和深闺里佳人的保守旧规是难以协调的。胡适专门去江冬秀家拜访求见，引来了邻居们楼里街外看热闹，却只能见着江冬秀急切垂下的床帏。胡适理解江冬秀久居深闺、浸淫封建文化的守旧，尊重江冬秀的意愿，即使原本非常看好江冬秀的胡适母亲因此而对江冬秀深有微词，胡适却有理有据地帮江冬秀开解着。

旧式的婚约、守旧的妻子，这本该是一个追求自由的新式人物所排斥的，胡适虽然不断拖延但是却几乎没有什么反抗地接受了。

新式的丈夫、长久的等待，虽然这是对旧式枷锁的遵守和坚持，江冬秀依然向着新式丈夫的道路小心地挪移着、靠近着。

于是，这对貌似奇怪的夫妻却因为各自相应的包容理解而促成了这段佳话。1917年的冬天，胡适信守婚约，从北京归来，举行文明结婚。“旧约十三年，环游七万里”，“三十夜大月亮，廿七岁老新郎”两副对联道出了旧时今日的万千感慨，而婚礼虽是遵守旧婚约，但却是新式的文明结婚，没有老一套的拜天地。

两人只是在结婚证上用印并交换戒指，然后以鞠躬代替叩头，这样新式的结婚方式不知道当时在闭塞的小山村又会引来大家多少的议论和指指点点。

婚后第二年，江冬秀便追随丈夫的步伐来到了北京。江冬秀虽然出身乡野没有见过很大世面，但是并非困囿于自我的喏喏之辈，在与胡适的交往中越发显得果断勇敢、敢作敢为。

那时梁宗岱与才女沉樱情投意合、相见恨晚，于是便打算和好脾气的妻子何氏离婚。也许江冬秀从何氏身上看见了自己的影子，也许只是单纯地见义勇为，江冬秀选择亲自到法庭为何氏辩护。

在法庭上，江东秀以自己同作为女性的感观据理力争，她独特的个人魅力感染了法官，在当时产生了巨大的社会反响，梁宗岱竟然败诉了。

一时间，北京城内，传言四起，胡适有一悍妻，泼辣如虎，让北大教授梁宗岱都败诉而归。可见江冬秀虽是小脚女人，却并非是唯唯诺诺之辈；她确实文化不多，错字连篇，但也是聪慧过人。她很明白自己离胡适理想的妻子差距很大，但她从来没有因自身的原因而想过放弃自己的权益。

风流才子自多情

自古才子爱佳人，风流倜傥、翩翩才子的胡适自然也不例外。胡适出外留学时期，与康奈尔大学教授的女儿韦莲司相识相知。

一个是温文尔雅、求学好知的中国学生，一个是热情洋溢、才华横溢的外国丽人，一来二往自是心生敬佩与爱怜。出外留学最痛苦的也许不是水土不服、饮食不合，更多的在于没有可以谈天侃地的知心人。

在胡适作为一个热爱文学的青年看来，外国的学生大多不爱读书，谈吐鄙陋，思想固隘。而韦莲司是胡适接触到的美国社会中的一道阳光。韦莲司喜爱艺术，知识广博，“高洁几近狂狷”。

韦莲司的渊博谈吐为胡适打开了一个新的世界，原来女子也可以集聚思想、识力、魄力、热忱于一身。不过，与韦莲司的相交，更多的就是精神上的契合、思想上的碰撞。胡适早早便告知韦莲司自己在国内已有婚约，两人也遵守着不跨越婚恋那道防线，聚餐也会邀其他同伴同来以避嫌，让两人的关系不超越友谊。

虽然多年后两人打破初见的矜持做到了身心合一，但是韦莲司在胡适一生中更多的是作为精神伴侣的角色存在着。对于胡适的婚姻，追求自由解放的韦莲司深刻地认识到这是不合理制度下的牺牲，而自己与胡适更多的是精神上的交汇。

胡适受命担任驻美大使之前，韦莲司早已与胡多次书信讨论此事。韦莲司说："你不仅属于中国，你属于整个时代。时代里有危局。当前各国正热衷武器竞赛和战争，此时是否应该有个人出来，改变人们的看法，让武力的使用朝向另一个有利方向？你属于全世界。"韦莲司对时局分析得非常透彻，而且用自己对胡适的高度肯定鼓舞着胡适出任驻美大使为当时的危局作出贡献。这也是胡适出任驻美大使的一个重要原因。

如果说韦莲司是胡适精神上的导师和知己，那曹诚英应该算是真正的恋人。一场悲剧的开始也许还孕育着另一场悲剧。

锣鼓声响，红绸飘扬，无意间瞥见那一颦一笑的温柔娇媚，可惜郎已有妻，正是成亲时。胡适与曹诚英虽是有缘相见，却无缘相守，倒是开始了两人漫长的书信往来。胡适便是曹诚英的糜哥，帮着曹诚英一步步走出来，一步步向新时代迈进。

曹诚英本也是有婚约的，但因为曹诚英结婚后的不情愿以及婆家的不满意，这桩婚事便以破裂告终。但是这却成了胡适和曹诚英两人开启真正爱恋的契机。当时胡适去杭州休养身体，曹诚英也随之而来。本就两情相悦，又加良辰美景，爱情的因子悄然在两人之间生根发芽。

直至曹诚英也有了爱情的结晶，胡适终于开始在江冬秀面前开诚布公地提出离婚。但是守旧如她，泼辣如她，江冬秀怎会答应，自是一次次地耍泼。

当胡适坚定说到两人真的不可挽回的时候，江冬秀拿起菜刀气冲冲说道要先把两个孩子杀掉，自己再自杀。虎毒不食子，胡适这样的谦谦君子更是不会让这样的惨剧发生在自己家中。

于是，这一次胡适彻底妥协，再也不提起离婚事宜，与曹诚英的爱恋，那些“驱不走的情魔”、“吹不散我心头的人影”也只能藏在心中、跃然纸上。不过曹诚英却痴情不改，一直鸿雁传情不断，死后也希望葬在那回乡的必经之路，希望可以在死后再续前缘。

最爱的不在身边，身边的不是最爱，看似情路坎坷，但胡适本是温润如玉的谦谦君子，江冬秀也只是计较旧时看中的名分罢了，其实胡适和江冬秀才是相互扶持直至终老的幸福伉俪。

江冬秀是最了解胡适的，当时蒋介石要求胡适担任驻美大使，江冬秀一直劝胡适专心研究学问便好，不要涉及政治。一方面担心他在混乱的时代里遭受伤害，另一方面，江冬秀了解胡适只适合在三尺讲台和书房中研究自己的学问，适合做一个温文尔雅的文人而不是剑拔弩张的政客。对于这一点，即使身为红颜知己和人生导师的韦莲司也没有认识到。

也许，江冬秀才是最适合胡适的，胡适性格谦和、随性，在他的背后需要有一位稳重贤宁的女子负责管理家中的大小事宜。胡适后来因为在外交场合说了些不该说的话，引起了一系列反胡动向，这也证明着江冬秀的智慧和对胡适的了解至深。不过江冬秀充分展示着男人身后那个有胆识女人的能力，她一边要求胡适好友劝胡适借病辞职，一边发电要求政府当局允许胡适辞职，双管齐下。最终事情以较好的方式结束。

兰者为王，表现的不是霸气而是包容的气度。胡适对于这个文化不高的小脚夫人其实很是包容接纳。

胡适会为江冬秀打牌而专门置办房子，而江冬秀麻将上赢来的钱也成了经常收入之一。胡适也会将自己的书房分一些给江冬秀，让江冬秀的武侠小说与学术著作揖让进退，也可以说是妙趣横生的景象。

而胡适对于尊重女性，尊重太太的言论至今还广为流传："男人也要有三从四德——三从，说是太太外出要跟从，太太的话要听从，太太讲错要盲从。四德（与"得"同音）就是太太化妆要等得，太太发怒要忍得，太太生日要记得，太太花钱要舍得"。可见，胡适还是很包容疼爱江冬秀的。

胡适对江冬秀的包容关爱还体现在许多细节中。当时儿子思杜与父母分隔祖国两岸，单独留在祖国大陆的胡思杜因为历史的原因被错打成“右派”，他承受不了打击上吊自杀了。胡适收到这个消息后非常伤心，却嘱咐大家不准让江冬秀知道。

在伤心儿子离去时，还可以如此有心地照顾江冬秀的情绪不能不说胡适的细致和温柔。1962 年胡适因心脏病逝世，闻讯赶到的江冬秀伤心至极，连打两支镇静剂还未抑制那悲痛的情绪。两人虽然有众多的分歧和矛盾，但是携手一生的陪伴已经足以弥补一切的不满。

胡适去世时，蒋介石送了一副挽联——新文化中旧道德的楷模，旧伦理中新思想的师表。这句话应该可以说是胡适一生最真实的写照了。

胡适倡导着白话文运动、提倡使用白话写文章作诗；提出思想解放，追求自由，用新的思想反抗着旧的道德，唤醒了一批批文化青年，因此他是旧伦理中新思想的师表。同时，胡适遵循着父母之命的婚约，和一位小脚夫人共度人生，遵守着中国最古老的仁义礼智信，即使追求着新的自由解放，但是仍然不会违背原有的礼仪道德，胡适可以说是新文化中旧道德的楷模。

兰者为王，清雅千秋。胡适在文学研究上的潜心研究、鞠躬尽瘁早就足以让他流芳百世；在文学上提倡思想解放、白话文写作开时代之先河而引领潮流。但是胡适最让人所佩服的应该是胡适的包容、谦和，这也是胡适与那个时代不同的自己特有的兰者气质。这便是胡适，一个有着兰的气质、坚守着兰的气节的文人，也正因为胡适的坚守和追求，成就了新时代里一个不一样的文人墨客，成就了胡适的清雅儒士之风。

卷三

站在人生的戏台上——梅兰芳

雏凤清于老凤声

把他比作一座巍峨的山峰不为过，而他是那山巅临风的一棵树——山也不过是它立身之地、滋养之源；把他比作一片浩瀚的海洋也不为过，而他是搏涛戏水的一尾鲲——海不过是它徜徉之域、吐纳之所；把他比作天幕的皓月不为过，而他是月亮里的嫦娥——婵娟也比不过他舞台上婀娜的身姿；把他比作舞台上的一个美女并不为过，而他是使霸王热泪满襟的虞姬——绝世英雄也不过是他万种风情的衬托。

他就是享誉全球的京剧大师梅兰芳，他把中国的戏曲艺术带出了国门，在百老汇演绎着妩媚多姿的东方戏曲艺术，在美国掀起了一场璀璨夺目的“梅兰芳热”。

舞台上，他是男扮女装的青衣之王，一步步、一声声演绎着女子的妩媚与智慧；舞台下，他是真正顶天立地的七尺男儿，一幕幕、一件件诠释着男儿的铁骨与气节。戏里戏外，他都是一个传奇般的人物，在梨园界的历史上留下一段段佳话。

“梅兰芳”不只是一个名字，还是一种代表，代表着京剧，还是一种象征，象征着京剧的辉煌。梅兰芳是为京剧而生的，他出身梨园世家，学习京剧意味着秉承父业，这条路是必须要走的。自宋代起遗留下来的“唱戏的子女只能唱戏”的陋习并未被清除，不管愿意与否，人生的路线延伸向了不可预知的未来。

1894 年 10 月，当梅兰芳呱呱坠地于古老的皇城下李铁拐斜街时，命运就已经为他铺就了一条光辉却艰辛的艺术之路，还没来得及细细辨清世界的真相，他就已经跨进了京剧之门。这一切都源于他有一个唱旦角的祖父、父亲和身为戏曲音乐才子的伯父。

梅兰芳的祖父梅巧玲曾因家境贫寒被卖入江家，曾有过一段短暂快乐的童年。后来江家人有了自己亲生的孩子后，开始苛待梅巧玲，把他卖入一个叫“福盛班”的戏班子做弟子，这也使他与京剧结缘。

梅巧玲苦学皮黄，最终出师，得到了去京城给慈禧太后唱戏的机会。太后是一个爱戏且懂戏的人，因梅巧玲长得脸圆体胖，为人一团和气，慈禧认为这恰巧体现了一种雍容华贵之美，因此赐号“胖巧玲”。

梅巧玲工于花旦，但是又不满足于本行，他大胆革新身段、表情、台步、神气以及扮相，打破了过去京剧舞台上贞女烈妇“行不动裙，笑不露齿”的动作程式，又完善戏曲青衣的唱功技巧，渐红透京城，成为“同光十三绝”之一，继而成为“四喜班”的班主。梅兰芳此后在戏曲方面的重大变革很大程度上得益于其爷爷的遗传因素。

梅兰芳的父亲梅竹芬遗传了梅巧玲善良温顺的性格，最早学的是老生，后改小生，最后承父衣钵，唱青衣花旦。可惜英年早逝，在梅兰芳四岁的时候就魂归九泉。

梅巧玲和梅竹芬的相继过世，梅家的重任就落在了伯父梅雨田的肩上。梅雨田极富音乐天赋，自小被其父梅巧玲遍请京城名家好手教授，鼓锣琴弦无不精通。梅兰芳的祖母和母亲也出身于梨园家庭，在这样一个环境中，梅兰芳以后的路似乎也就确定了。

一提到梅兰芳，我们脑海中似乎总是衣着华贵、姿态妖娆的旦角形象，一静一动都那么美艳动人，可是幼年的梅兰芳却并不是那么引人注目。梅兰芳的大姑母曾说他：“言不出众，貌不惊人。”

小时候的梅兰芳有一张胖乎乎的脸，细长的眼睛，厚厚的嘴唇，宽阔的脑门。而且他的视力似乎有一些问题，眼皮老是垂着，遮住了眼眸，也总不肯正视他人，看上去，两眼十分无光。

在读书方面梅兰芳似乎也颇为“迟钝”，常常因记不住《三字经》、《百家姓》而被先生打手心，因此梅兰芳也和大多数孩子一样，因逃避背书和挨打而逃课。

梅兰芳 8 岁便开始了戏曲生涯，由于开窍较晚，他的启蒙师父朱小霞觉得梅兰芳天生木讷，没有学习戏曲的天赋。朱小霞赤裸裸的嫌弃曾深深打击了梅兰芳幼小的心灵。直到梅兰芳遇到“同光十三绝”之一时小福的弟子——吴菱仙。

吴菱仙曾受过梅兰芳祖父的恩惠，所以对梅家子弟的教育十分上心。他以自己年过半百的人生阅历及教戏经验断定梅兰芳并不是一块不可雕琢的朽木，只是缺少磨炼与机遇罢了，于是更加细心地去引导梅兰芳。

梅兰芳第一次登上舞台时只有10岁，饰演《长生殿》里面的一个小织女。小小的梅兰芳站在造型逼真的鹊桥上，忘记了恐惧与兴奋，表演十分投入。而他这一唱，就唱了半个多世纪，唱到了生命的尽头，这一站，就站了几十年，站出了中国人的尊严。

梅兰芳有一个奇怪的爱好，就是喜欢养鸽子，似乎已经达到如痴如醉的地步，后人曾问起梅兰芳从何时起迷恋养鸽子，但是他自己似乎也想不起来具体的时间。为什么梅兰芳会如此痴迷于养鸽子这一活动呢?

梅兰芳认为养鸽子的益处有很多，他曾回忆说："第一，养鸽子的人首先要起得早，能够呼吸新鲜的空气，自然对肺部就有了好处。第二，鸽子飞得高，我在底下要用尽目力来辨别这鸽子是属于我的，还是别家的，这是多么难得事。所以眼睛老随着鸽子望，愈望愈远，仿佛要望到天的尽头、云层的上面去，而且不是一天，天天这样做，才把这对眼睛不知不觉地治过来的。第三，手上拿着很粗的竹竿来指挥鸽子，要靠两个膀子的劲头。这样经常不断地挥舞着，先就感到臂力的增加，逐渐对于全身肌肉的发达，更得到了很大的帮助。”我们常说眼睛是心灵的窗户，那么一双炯炯有神的眼睛对于一个戏曲演员更是具有举足轻重的作用。

在戏曲角色里，按生旦净末丑的排行，老生的地位似乎总是远远高于旦角。而且当时喜欢听戏的慈禧太后更愿意捧老生，谭鑫培就很得慈禧太后赏识。年轻的梅兰芳很虚心，每当有角儿在台上演出的时候他总是全神贯注地看着，然后在其中吸取值得自己学习的地方。在诸多名师中，对梅兰芳影响最大的就是谭鑫培和王瑶卿。

在梅兰芳眼里，“伶界大王”谭鑫培的唱不是单纯的唱，演也不是单纯的演，而是名副其实的“演唱”，他的表演总是从人物内心出发，注重揭示人物内心。梅兰芳就接受了谭鑫培的这一创新，在《贵妃醉酒》中表现得淋漓尽致。

杨贵妃在百花亭中的内心变化主要分为三个阶段，突出了一个“醉”字，第一个阶段：听说唐明皇驾转西宫，无人同饮，感觉内心苦闷，又怕宫人窃笑，所以要强自作态，维持尊严；第二个阶段：酒下愁肠，又想起了唐明皇、梅妃，不禁妒从中来，举杯时微露怨恨的情绪；第三个阶段：酒已过量，不能自制，才面含笑容，举杯一饮而尽。

从强颜欢笑，到醋意微露，再到放肆自嘲，任性恣肆的杨玉环被梅兰芳演绎得生动无比。在和梅兰芳的合作中，谭鑫培在刚开始时的确戏“刁难”过他，正是这种刻意刁难才培养了梅兰芳临危不惧、急中生智的舞台应急经验，而《汾河湾》也总是让大家津津乐道。据梅兰芳后来的回忆，他认为谭鑫培虽对自己有诸多“刁难之处”，但爱之深责之切，这种严厉也让他受益匪浅。

王瑶卿出身梨园世家，父亲是清代著名的昆曲青衣演员。王瑶卿继承父业，起初也学习青衣，后来完全打破行当的局限，兼取青衣、刀马旦、闺门旦、花旦和昆旦各工之长，创造性地建立了“花衫”这一新行当，丰富了京剧的旦角艺术。

在具体的唱法和唱腔上，他也一改青衣不张嘴，听起来有音无字的传统唱法，而是张开嘴使观众能够清楚地听到每一个唱词，做到真正意义上的字正腔圆。

而他的弟子梅兰芳更将“花衫”发扬光大，创排了一系列古装歌舞剧。通过改编后的《玉堂春》的演出，使 17 岁的梅兰芳在初登京剧大舞台时便得到了关注，为他以后的成功提供了一个契机。

对于那时的京剧演员，在北京唱红固然好，但要是能在天津和上海这种审美眼光比较挑剔的商业城市唱红才算成功。1913 年 11 月 16 日，梅兰芳终于等来了机会，在上海唱压台戏，演出了《穆柯寨》，戏中，梅兰芳塑造了一个活泼可爱、英姿飒爽的穆桂英形象。

许姬传曾回忆说：“他念京白清楚而有感情，身段台步稳重漂亮，特别是眼神的光芒，吸引住了全场。”一个戏曲演员用自己的眼神去吸引观众的注意力，这种眼神要练到何种地步才会得到其中精华啊！

齐崧也回忆说：“梅兰芳在跑圆场的时候，只见人飞，不见足动。有如水上浮萍，顺流而下，从未见过这样美妙的台步。三四五楼的观众一起起立，目光集中于梅老板一个人身上，等到跑到上场门台口背身放箭的时候，掌声如雷，大家如痴如醉，举院如狂。”这次在上海的演出为梅兰芳博得了更耀眼的光芒。他也逐渐步入自己事业的巅峰。

陌上谁家年少著风流

16 岁这一年，所发生的事对梅兰芳的人生有着重要影响。

首先，他经历了身体发育阶段的变声期，很多演员曾因为声音变得不好而失去继续站在舞台上表演的机会，梅兰芳却很幸运地度过了这个阶段。

其次，他在这一年开始养鸽子，而这个爱好也陪伴他终生。

最重要的是这一年，梅兰芳娶亲了，他的妻子王明华同样出身京剧家庭，父亲王顺福工于花旦，兄长王毓楼是著名的武生，两家的结合可谓门当户对。王明华处事干练，且善于持家，她嫁给梅兰芳时，梅家其实并不富裕，好在王明华有一双巧手和一个灵光的脑袋，在她的精打细算下，小日子渐渐过得风生水起。

在婚后的第二年，梅兰芳和王明华迎来了第一个爱情的结晶——儿子大永，隔了一年又迎来了一个小生命女儿五十，这时，还未过 20 岁的梅兰芳已经是儿女双全的人了。

王明华不仅在生活上对梅兰芳嘘寒问暖，更可贵的是事业上也常常给丈夫一些好的建议。王明华很会梳头，也曾参与过古装新戏《嫦娥奔月》的服装和头饰的设计，她也时常跑到后台给梅兰芳梳头。当时，舞台的后台是一个圣地，哪里会容得女子入场，可是王明华偏不信这一套，可谓是情到深处有孤勇。

性格刚烈好强的王明华为了长期陪伴在梅兰芳身边，竟然大胆地做了绝育手术，不幸天意弄人，她的两个孩子因为感染疾病相继离世，而梅兰芳兼祧两房，不能无后，所以，即使王明华心中有万般不愿，还是接受了丈夫另娶的残忍现实。

1915 年，梅兰芳生命中的第二个有缘无份的女人刘喜奎出现在他的视线里。那时，刘喜奎已经是一位唱红京城的坤伶，好多京城的达官贵人都是她的戏迷，大总统袁世凯觊觎她的美色已久，爱美之心人皆有之，就连袁世凯的儿子们也都爱慕刘喜奎。

他的三子竟然抛出话来："我不结婚，我要等刘喜奎，等到刘喜奎结婚了我才结婚。"这等狂热的追求注定刘喜奎不能像一个正常女子一样决定自己的终身大事。

梅兰芳也不例外，对刘喜奎心生爱慕。以时人的眼光来看，梅、刘二人一个是男旦，一个是坤伶，可谓天造地设的一对，乐见其成的好事者更是数不胜数。可刘喜奎是一个睿智的女子，她预见了梅兰芳的前途，知道梅兰芳是属于座儿的，而不是属于她一个人的丈夫，于是挥刀斩情思，拒绝了这一段姻缘。

事实证明刘喜奎的决定是对的，如果他们二人真正结婚，梅兰芳定会为了维护她而和权贵们起冲突，到那时梅兰芳也许会失去登台的机会。虽然他们二人此生无缘成为夫妻，但刘喜奎一直在默默地关注着梅兰芳的演艺生涯。当得知梅兰芳为了拒绝日本人蓄须明志，她很欣慰地笑了。

1921 年，梅兰芳终于再婚，而新夫人就是和梅兰芳有同门之谊的福芝芳。梅兰芳在福芝芳所演的一出《战蒲关》戏中注意到了这个“天然妙目，正大仙容”的女子，其后通过打听，发现其竟然是老师吴菱仙的女弟子，真可谓无巧不成书啊。

在老师的撮合下，梅、福二人顺利成婚。谁也没有预料到这次的陪伴竟然是一生的陪伴，无论梅兰芳是众星捧月的角儿，还是躲避乱世的普通人，福芝芳都静静地立在一旁，给予他最想要的理解与扶持，人们常说的相濡以沫也不过如此吧。

人们常说没有梅兰芳，也就不会有福芝芳这个人，大家对她的认识最初源于“梅兰芳夫人”的称号，一声“梅夫人”，用你的姓氏掩盖了我的故事。如果换个角度看，没有福芝芳一生相伴也许梅兰芳就不是梅兰芳了，任何时候都不能小看一个成功男人背后的女人。

福芝芳是睿智，也是胸怀宽广的，她明白梅兰芳不会是一个普通戏子，他是属于千千万万座儿的，是属于千百年戏曲艺术的，为了成就梅兰芳，福芝芳竭尽全力去做好每一件细碎琐事，绝不让梅兰芳为生活之事平添烦恼。

待福芝芳生下孩子后，她命人将婴儿抱到王明华的房中，她希望这个孩子可以消去王明华的苦闷与孤寂，为了自己心爱的男人，为了一个和睦而幸福的家庭，福芝芳以博大的胸襟容纳人生百态。而她这番深明大义的举动也感动了病重的王明华，正因为自己也曾痛失过爱子，所以才不想把这种痛苦加诸他人之上，以我心，换你心，为了使孩子在母亲的怀抱中快乐成长，王明华又命人将孩子送还于福芝芳。

福芝芳是懂梅兰芳的，她懂他眼中淡淡的忧伤，懂他骨子里秋水般深刻的孤独，懂他偶尔的软弱与怯懦，更懂他作为梅兰芳不得不面对的承担。他是梅兰芳，所以他注定难以做回自己。

福芝芳——这个善良、勇敢、智慧的女人，竭尽全力给他温暖与安全。在嫁与他之初，福芝芳便深切地体会到，梅兰芳并不属于某个个体，他的生命注定充满着丰富多彩的邂逅与别离。命运总是捉弄人，在这条看似畅通无阻的路上设置了一个永远也搬不走的障碍，孟小冬的出现就打破了这个家庭暂时的安稳。

孟小冬与梅兰芳一样出生于京剧世家。她的祖父与父亲均擅长老生，她从很小就开始拜师学艺，由于颇具天分，7 岁时，孟小冬就登台演出，名声一日大于一日。

1925 年，北京第一舞台举办了盛大义务戏，孟小冬和梅兰芳开始有了交集。当时压轴戏是余叔岩、尚小云的《打渔杀家》，大轴便是梅兰芳、杨小楼的《霸王别姬》，而孟小冬、裘桂仙合演倒数第三的《上天台》，阵容强大。

那时京城的男女伶人还不允许同台，但可以在堂戏会里合演，所以梅、孟二人在堂戏会里面见的机会也就渐渐多了起来。1926 年下半年的某天，正值财政总长王克敏的五十大寿，此人还兼任银行总裁，又是戏迷，过生日当然要大唱堂会戏。

寿宴那天，王公馆宾客如云，名伶齐集，名满京城的当红须生孟小冬和众人交口称赞的青衣花衫梅兰芳均在邀请的行列。

酒席上大家正在商量晚宴以后的活动，座中忽然有一个人提议，让孟小冬和梅兰芳合唱一出《游龙戏凤》。并且进一步补充道："一个是须生之皇，一个是旦角之王，皇王同场，珠联璧合。这戏平日也有男女合演的，都是男扮正德女扮凤姐，难免矜持顾忌，若改为女扮男，男演女，来个颠倒阴阳，扭转乾坤，岂不别开生面，皆大欢喜。”

众人本以为这是玩笑话，没想到梅、孟二人听后二话没说，洗脸化装，登台唱戏。

当时只有 18 岁的孟小冬可谓是艺高人胆大，还没有在正式场合上唱过此戏的她竟敢和梅兰芳“台上见”。一场戏下来两人竟然配合得天衣无缝，博得台下阵阵掌声。

其后二人的交往日渐密切，冬皇懂得梅兰芳的孤独，梅兰芳也知晓冬皇的心酸，又因二人都对戏曲有着痴迷的沉醉，气场自然相互吸引。一时间坊间流言四起，很快便传到了福芝芳的耳朵里。

福芝芳并没有质问梅兰芳，而是静静地、默默地等着，她相信梅兰芳不属于任何人，他永远都是属于座儿的。因为懂得，所以宽容；因为懂得，所以慈悲。

很多孟小冬的粉丝也不同意她嫁给梅兰芳。孟小冬先天的条件很好，加上其本身聪明好学，接受能力强，在名师的指导下前途不可限量。如果日后嫁给梅兰芳，她肯定也会像福芝芳那样回归家庭。

无奈那时候孟小冬已被爱情蒙蔽了双眼，任世间有千万种坎坷也无法断绝她爱他的念头。在舞台上，她扮演着叱咤风云、指点江山的大丈夫；舞台下，她仍然是一个看重感情、依附男人，甘愿做男人背后的小女人。

18 岁的妙龄少女眼中尚没有对自己未来艺术道路的定位，没有想过把唱戏作为获得地位和声誉的手段，在反对声一浪高过一浪的风头下，孟小冬来到了梅兰芳为她安置的别院，与其过起了同居生活。

但这场梅孟之恋并没有持续太久，究其原因，众说纷纭。有的人认为是残暴的“枪击案”，有人则认为是“戴孝风波”，总之，这场轰动一时的须生之皇与花旦之王的结合最终宣告破裂。

孟小冬在离去的时候曾说：“我孟小冬这一辈子要不不唱戏，再唱也不会比你梅兰芳差；我要不不结婚，再结婚选择的人也不会比你梅兰芳差。”而梅兰芳则在这场婚姻中彻底受伤了，在以后的演出中他再也没有唱过《游龙戏凤》。

在梅兰芳的一生中，遇见过很多女人，有互通心意的红颜知己刘喜奎，有结发妻子王明华，有一生相伴的福芝芳，还有缘浅情深的孟小冬，这些女子的出现为梅兰芳搭造了另一个戏曲的舞台，在人生的一幕幕中，陪着他扮相、表演、谢幕，说是人生如戏一点也不为过。

梅花真惊艳，国色吐芬芳

一个真正的艺术家是不会把目光局限于一个圈子，梅兰芳作为一个国际级艺术家更不会把眼光紧锁在国门以内，年轻气盛的他打算把京剧推向国外。

梅兰芳古装新戏的排演，引起外宾极大的关注，特别是和中国毗邻的日本。日本人对中国京剧的了解、欣赏远远高于欧美人，而日本游客到北京几乎很少有不看京剧的。

1919 年 4 月 21 日，梅剧团从釜山乘坐关釜渡轮对马丸号，24 日下午 5 点到下关，再转乘火车于 25 日晚 8 点 30 分到达东京车站。梅剧团的到来在东京受到了各界人士的热烈欢迎，全体成员在几分钟内很难往前继续走动。

梅兰芳在这次活动中，主要演出了《天女散花》、《御碑亭》、《黛玉葬花》、《霓虹关》、《贵妃醉酒》等经典剧目，每场演出都座无虚席。这次活动不仅在日本民间引起极大反响，而且在日本文艺界受到热烈讨论和关注。日本文艺界知名人士内藤虎次郎、狩野直喜等还撰写剧评，编成《品梅记》出版。5 月 3 日的《国民新闻》中刊登了凡鸟的《显示了天赋的艺术风貌，梅兰芳第一天的演出》一文，评论说：

他那自如的动作和大方的舞台技巧有着第一流演员的风范，给人的印象愉快。特别是散花的身段，极尽轻松活泼之能事，姿态妙趣横生。

剧评家神田喜一郎也在《品梅记》中提出：

我这回看梅兰芳的演出，作为象征主义的艺术，没有想到其卓越令我惊讶。支那剧不用幕，而且完全不用布景。它跟日本戏剧不一样，不用各种各样的道具，只用简朴的桌椅。这是支那剧非常发展的地方……使用布景和道具绝对不是戏剧的进步，却意味着看戏的观众脑子迟钝。

梅兰芳并没有就此止步，在剧团所有的人都举杯欢庆的时候，梅兰芳却认为以往的京剧不但跟时代没有关系，而且在布景、服装方面考虑得不够。而日本戏剧尽管有旧剧、新派剧、喜剧的区别，但在艺术表达上更注重技巧，而京剧只是通过身段走位来表达喜怒哀乐。这些细节梅兰芳打算回国后加以改动。

1924 年东京帝国剧场重新修复，大仓喜八郎董事长再次邀请梅兰芳访日，庆祝剧场隆重开幕和大仓的 88 岁寿诞。梅兰芳欣然接受，并出演了《麻姑献寿》、《红线盗盒》、《廉锦枫》、《奇双会》等剧目。

同年，印度诗人泰戈尔访华，抵达北京当日正是他 63 岁大寿，北京各界人士为他接风洗尘，徐志摩等新月社成员还排练了泰翁名剧《齐德拉》。而梅兰芳也为泰翁演出了他的新编神话剧《洛神》。泰戈尔离京之前还送了梅兰芳一柄纨扇，在纨扇上用孟加拉文写了一首短诗，然后又自译成英文。诗人林长民当即将此诗译成古汉语骚体诗，一并写在纨扇上：

亲爱的，你用我不懂的
语言的面纱
遮盖着你的容颜；
正像那遥望如同一脉
缥缈的云霞
被水雾笼罩着的峰峦。

随着戏剧事业的成功，梅兰芳决定去美国演出，如果说第一次去日本演出面对的是新旧文化冲突，那么去美国演出面对的则是东西方文化差异的考验。那时对中国人嗤之以鼻的美国人大有人在，他们觉得，遭人掠夺的“东亚病夫”怎会有文化？此次赴美花销巨大，梅兰芳不得不四处借贷，又适逢美国经济危机，于是梅兰芳怀揣着 15 万美元，冒着破产的危险，漂洋过海去了美国。

1930 年 2 月 17 日，梅兰芳在纽约四十九街戏院公开演出。按照导演张彭春的部署，演出次序是：开演之前，张彭春先用英文做总说明，说明中国剧的组织、特点、风格及一切动作代表的意义。然后由剧团邀请来的华侨翻译杨秀女士用英文做剧情介绍、说明。接着，梅兰芳才正式亮相。

观众在理解剧情的情况下，又见绚丽的中国红缎湘绣幕布，耳听清亮悦耳可听的东方管弦乐声，再看那“东方美人”身着华丽彩服，迈着柔柔的碎步，扭着纤纤细腰，摆出变化万千的手势，伴随着悠悠扬扬的唱腔，浑身洋溢着无与伦比的美丽和高贵，他们震惊了：遥远的中国果然有如此曼妙的音乐、动人的舞蹈和感人泪下的故事。

经久不息的掌声响彻了整个剧院，梅兰芳在美国的首次演出获得了巨大的成功。最后一出《刺虎》结束之后，谢幕竟达 15 次之多！

“梅兰芳热”在美国本土流传开来，一些商店将京剧的华丽行头排在橱窗里展览；在鲜花展销会上，有一种花被命名为“梅兰芳花”。

旧金山的一些妇女为了盛装看梅兰芳的演出，裁缝店竟然忙得手足无措。洛杉矶市波拿学院鉴于他的艺术成就，授予他“文学博士”荣誉学位。之后梅兰芳还会见了当时的好莱坞“影坛三杰”之一：卓别林。梅兰芳说，他在卓别林的无声电影里学习到了如何依靠动作和表情来表现人物内心，卓别林则向梅兰芳请教京剧中丑角的表演艺术。

梅兰芳的这次赴美演出不仅将中国戏曲艺术推广到了世界，还改观了戏子的地位，人们不再称他为“梅郎”、“小友”、“老板”，取而代之的是“罕见的风格大师”、“伟大的艺术家”。

蓄须以明志，花落香犹在

“九一八”事变的爆发使梅兰芳意识到，他已和所有中国人一起无可选择地站在了国家民族生死存亡的十字路口。

日本侵略者的野心不止于东三省，华北平原天空的阴霾也越来越重。在好友的邀请下，梅兰芳避居上海。在上海他排演了一出抗日戏剧《抗金兵》，对当时的民众起到了很大的鼓舞作用。

后来，上海在“八一三”淞沪会战之后沦落日寇之手，全国也开始了艰难的抗战斗争，战火湮没了所有的空隙，梅兰芳的演艺生涯不得不就此停顿。

上海沦陷之后，梅兰芳作为两渡扶桑的友人自然成为日本人民爱戴的著名人士，立即成为日本人的“亲善”目标。在日方的多次邀请之下，他以赴香港演出为借口拒绝了。

站在香港太平山顶，俯瞰着灯火下的香港，梅兰芳感慨万千。耳畔呼呼的风声，在他听来似乎是经久不息的掌声，是的，他怀念自己的舞台了。

以前来香港单纯是为了艺术，这次来香港却是为了躲避日寇的魔掌。演出结束了，他却依然留在香港，他不想回到上海，不想为日本人唱戏，亦不愿做汉奸。在香港的 4 年里，他通过学习英文、画画、打羽毛球等活动，来转移自己对于戏曲的注意力。作为一个艺术家，不能将自己的生命贡献于舞台，这无疑是一种残酷的折磨。

战火纷飞中，他在自己的小屋里面不由自主地想起昔日的辉煌，他并不是沉湎于掌声与喝彩，他迷恋的是往日畅快淋漓不加抑制地演唱和舞蹈。

1941 年太平洋战争爆发，香港随即沦陷，残酷的现实又一次浇灭了梅兰芳心中微弱的希望。香港的生活也到处充满了危机与拮据，梅家一度陷入一潭死水之中。

以往社交中心的“梅宅”不再那么大方，梅兰芳开始了“斤斤计较”和“吝啬小气”的日子，只是为了能够在战争中存活下去。如果仅仅是生活上的折磨，也许还可以支撑，但梅兰芳忍受得更多的是心理上的折磨。

为了躲避日本人一次又一次的骚扰，梅兰芳决定“蓄须”，以“我是个唱旦角的，年纪老了，扮相不好看了，嗓子也坏了”为由拒绝登台。但日本人怎会就此妥协，他们认为“小胡子是可以剃掉的嘛”，这也再一次挑战了梅兰芳的极限。

于是梅兰芳让医生给自己注射伤寒预防针，连日高烧不退，为此差点丢了性命，终究打破了日本人的妄想。在后来的生活中，梅兰芳沦落到以卖画为生的境地，好多汉奸听说之后，都表示愿意出高价换梅兰芳一场戏，但是梅兰芳始终秉持着“饿死事小，失节事大”的原则顽强且困难地生活着。

抗战胜利的消息传到梅家，一屋子的人开怀地笑着，独不见主人梅兰芳。大家正纳闷，只见梅兰芳出现在二楼的楼梯口。他身着笔挺的灰色西装、雪白的衬衫，绛红色的领带打得端正，脚上一双黑皮鞋闪着亮光，而脸庞却被折扇遮挡着，步履轻盈地迈下了楼梯。

当梅兰芳把扇子从脸上拿下的那一刻，大家惊奇地发现曾在梅兰芳嘴唇上存留 3 年的小胡子没有了，这就意味着那个舞台上的梅兰芳又一次回来了。为了庆祝抗战的胜利，梅兰芳在舞台上不知疲倦地表演着，仿佛要燃尽自己作为艺术家最后的热量。

1961 年 8 月 8 日，梅兰芳因急性冠状动脉梗死并发急性左心衰竭，遽然而逝。

梅花虽落，花香仍存。梅兰芳的弟子们如同一团火炬中溅出的无数颗火星，各自在空中划出多彩的轨迹，将梅兰芳为之贡献一生的京剧艺术继续传承下来，梅派表演永不会断绝。真可谓落红不是无情物，化作春泥更护花。

卷四

花间飞雨，几度沉沦——郁达夫

也为神州暗泪弹

他，希望用文人微弱的力量唤醒走向沉沦的故都，无奈命运弄人，一切都在沉沦；他，希望用男人的胸怀去包容妻子，无奈生活残酷，最终听到的却是最无情的话语；他，希望和一见钟情的女子永远成为富春江上的神仙伴侣，可激情过后总归于平淡，三生石畔终成陌路。

他是生无补于社会，死无济于苍生的零余者，在他犀利的文笔下掩藏着深深的自卑与忏悔，三世沉沦，终于异国捐躯。郁达夫是一个当之无愧的“真的人”。他的“真”，活生生，有血肉，充满俗世的欢欣与苦闷，也尝尽了精神的痛苦和辉煌。蓦然回首，总能看到那个站在岛国边缘暗自挥泪的文人。

在浙江省境内著名的钱塘江上游，有一段风景绮丽的水域，就是被人们誉为“一川如画”的富春江。

这条江的北岸，距“人间天上”的杭州城约八十里许，有一座规模不大且十分古老的县城——富阳，郁达夫就出生在这一片江南水乡。《与元九思书》对富阳有这样的描述：“自富阳至桐庐一百许里，奇山异水，天下独绝。”生长在这样一个风光秀丽、历史文化积淀深厚的地方，郁达夫自然也是极富才情的。

1896 年 12 月 7 日，郁达夫来到了这个世界。早他之先，郁家已有两男一女，郁达夫是家里的老四，取名郁文，小名荫生。

历史上的郁家也曾兴隆一时，郁达夫的父亲郁企早年曾设塾授课兼行中医，任富阳县衙门户房司事，因此积有数亩薄产，算得上书香门第，殷实之家。到郁达夫出生时，郁家已近破落，在郁达夫 3 岁时，父亲不幸病逝，全家的衣食问题就落在了母亲身上，姐姐阿凤也去了别人家做童养媳。

家道的衰微，生活的拮据，对少年郁达夫的身心健康都产生了极大的影响。多年之后，郁达夫曾在文章中写道："儿时的回忆，谁也在说，是最完美的一章，但我的回忆，却尽是些空洞。第一，我所经验到的最初的感觉，便是饥饿；对于饥饿的恐怖，到现在还在紧逼着我。"他曾把自己的出生视为"悲剧的出生"，这在一定程度上可以看出其童年阴影之深。童年的经历塑造了郁达夫奇特的性格，一方面聪明早熟、敏感、多思，另一方面又性情孤僻、气质颓唐。

1902年，7岁的郁达夫进入私塾读书，一经启蒙便表现惊人的天赋和才华，1904年，他又转入公立书塾春江书院，开始大量接触古典文学，曾作诗曰：九岁题诗四座惊，阿连从小便聪明。颇有杜甫观公孙大娘舞之盛况。1909年郁达夫升学到省城杭州，在杭州府中学里，郁达夫和徐志摩成了同班同学，日后引领中国新文学小说界与诗歌界的两大奇才就这样不期而遇。

那时候徐志摩是活泼的，好动的，有灵气的；而郁达夫却因家庭缘故有些木讷而安静。看着徐志摩挥洒着自己的灵性，他是属于忧伤的。他自己也说："忧能伤人，但忧亦能启智；在孤单的悲哀里沉浸了半年，暑假中回家大家都说我成了大人。事实上，因为在学校里，被怀乡的愁思所苦扰，我没有别的办法好想，就一味的读书，一味的作诗。”寂寞与忧伤给予了郁达夫一种创作的灵感。

1910年郁达夫的家人又安排他转入一所教会学校——蕙兰中学，作为一座贵族子弟学校，郁达夫的自卑与独处被同学视为异类，不久，他便辍学了。辍学后的郁达夫回到家乡，度过了一段离群索居的生活，他也充分利用这段难得的空闲时间，大量攻读英文与中国古典文学，成为一生中“收获最多，影响最大的一个预备时代”。

1913年，郁达夫的哥哥郁曼陀被派赴日本考察司法，郁达夫也趁此机会随大哥一同前往。17岁，正是少年见青春，万物皆妩媚的大好年华，饱读诗书的郁达夫也将这次出国的机会视为改变人生轨迹的契机，颇有一些“邵氏壮且厉，抚剑独行游”的味道。

太阳冉冉升起，“长崎丸”轮船慢慢驶离了上海杨树浦汇山码头。郁达夫鹄立在船舱的后部，西望着祖国的天空。远处在波涛起伏中跳动着的小小黑点，也终于被地平线的空虚所吞没。

一切熟悉而亲切的景象慢慢消失在眼前，但郁达夫并不悲哀，而是斗志昂扬地告别自己的祖国母亲。

当他来到日本时，望着四周如画的风景恍如置身仙境，禁不住感叹道:“传说中的蓬莱仙岛大概就是这个样子吧！”

日本，在这个少年的心中，就是实现抱负的蓬莱仙岛。到达日本后郁达夫继续发奋苦读，嫂子曾劝慰他不必如此拼命，可哥哥却认为，自己的国家如今正处在水深火热之中，唯有努力读书，他日方可救国。

于是，郁达夫陷入深深思考：日本的文化虽缺乏独创性，但是它的模仿，却是富有创造意义的。明治一代，已经完成了维新工作；老树接上了青枝，旧囊装入了新酒，浑圆成熟。新兴国家的气象，原属雄伟，新兴国家的举止，原也豁荡。而中国这个沉睡几个世纪的国家，在劲敌面前竟毫无防备意识。17 岁的少年能有这样的想法，目光不可谓不长远。

后来，在东京帝大读书期间，郁达夫也对政治表现出极大兴趣。有一次，众议院议员尾崎讲到一个有关中国的问题，言语间对中国颇多讽刺与挖苦。这时，郁达夫站起来向台上质询，磊落的态度，得体的措辞，充足的理由，独到的见解，再加上流利的日语和激昂的语气，令在场人员无不佩服，颇有一种“恰同学少年，风华正茂，书生意气，挥斥方遒”的神采。

郁达夫在日本留学的个人生活也是十分曲折的。由于他天生敏感多思且又自卑，交友圈子并不广泛。而他的早熟又使他对异性的幻想常存脑海之中。

当时在日本社会，两性关系较为开放。郁达夫在日本留学多年，对异性的好奇感也愈发增强。有一年，正是樱花盛开的季节，郁达夫走到城外的公园去踏青，路上遇到一些美丽而活泼的女子。

郁达夫鼓起勇气与她们交流，这些女子也被郁达夫儒雅的外表与流利的日语吸引，询问他是哪国人，在得知他是中国人之时，那些女子惊恐地互望一眼，留下一句“原来是支那人啊”，就逃也似的走了。“支那”，这个带有侮辱性的词语，给郁达夫带来一种灭顶的悲伤和绝望。

在日本名古屋求学的四年对于郁达夫来说既收获颇丰，又充满挑战与未知。异国他乡，一个独孤的游子常常感到失落与无助。他曾说过：“因为二十岁的青春，正在我的体内发育伸张，所以性的苦闷，也昂进到了不可抑止的地步。”作为一个有志向的青年，他必须把这种苦闷变成一种创造力，而不是引向颓唐，走向沉沦，只有这样，他才可以最终超越苦闷，在人生的道路上实现自己真正的价值。

郁达夫是敏感的，多情的，却又是克制的，理智的。在荷尔蒙的催化下，他完成了人生第一个创作阶段。

何处安放寂寥情愫

1917 年是郁达夫赴日留学的第四年，他接到家书，母亲在信中催他回国完成自己的终身大事。所谓“终身大事”不过是“父母之命媒妁之言”，用当时郁达夫自己的话说就是“给母亲娶媳妇”，这种婚姻模式使当时的很多新兴文人都处于困惑与苦恼之中。

他们在青少年时代接受新式的思想，却在感情上不能为自己做主，他们一面接受着改革浪潮的洗礼，一面又有着被封建礼教束缚的无奈。青春的萌动和眼界的开阔使他们对于爱情、婚姻、家庭充满美好的期待，现实又将他们虚无而缥缈的蔷薇色的梦击得粉碎。

郁达夫回国后才知道，这次只是订婚，并非结婚，具体的婚礼可能要再推迟几年。郁达夫曾给自己的妻子说："此身未许缘亲老，请守清闺载五年。"而在给自己哥哥的信中提道："弟此生定不愿婚娶矣，非憎孙氏丑也，实爱孙氏德也。"

郁达夫的妻子到底是何许人也？其妻子孙氏家中起初并不富裕，后因经营毛竹生意，又兼办纸厂，家道才日渐殷实，孙家的大公子曾是清末秀才，小公子也去日本留过学，算是半个书香门第。

郁达夫的妻子孙荃原名兰坡，字潜媞，虽然没有正式上过学，却也读过一些旧书，能写古体诗词，算得上是半个才女。至于为何要叫孙荃，说来也颇有趣味。

二人初次见面时相互介绍彼此，孙荃说道："兰坡，字潜媞。"

而郁达夫很感兴趣地问道："出自何典？"

孙荃答曰："诗《小雅·采绿》，'终朝采蓝，不盈一亶。'"又诗曰：'好人媞媞'。"

这种大方的回答给郁达夫留下了极好的印象，当下吟诗道：“坡上生蓼蓝，好貌如媞。”对方立即回答道：“岂敢如此自比？取字潜媞，并非金屋藏娇，仅取其安舒之意耳。”郁达夫再看此女如此端庄，当下赠给对方一个名号——孙荃，孙家小姐也欣然接受。

订婚仪式结束后，郁达夫又一次返回日本，继续完成自己的学业。但是这一次离开，心中却有了牵挂，毕竟孙荃是一个让人很舒服的女子。到日本之后，两人之间不断有书信往来。又因同喜古典诗词，郁达夫在给孙荃的信中也会提到对某首诗歌的见解，在相互的品评中，郁达夫竟然发现了二人在诗歌方面的某些见解竟然有相似之处。情动之时，郁达夫也曾为其作诗：

故里逢君月正弯，别来夜夜梦青山。
相思倘化夫妻石，汝在江南我玉关。

1920 年，在双方家长的催促下，郁达夫终于回家和孙荃成婚，成婚在即，郁达夫的心里却是充满矛盾的。在动身回国前，他给哥哥写信说：“弟之未婚妻，本非弟择定者，离婚又不能，延宕过去，又不得不被人家来催，是以弟不得已允于今年暑假归国，简略完姻。”

大婚之日很快到来，两座酒席过后，一对原本并无交集的男女就被婚姻的名义捆绑在了一起，从此她为他生儿育女，从此他为她遮风挡雨。从二人流传下来的诗作不难看出，新婚燕尔之时二人对彼此都很有好感，孙荃曾作诗：

深闺静坐觉魂销，梅影横窗气寂寥。
无奈长夜孤梦冷，书灯空照可怜宵。

郁达夫也有唱和之作：

梦来啼笑醒来羞，红似相恋绿似愁。
中酒情怀春作恶，落花庭院月如钩。
妙年碧玉瓜初破，子夜铜屏影欲流。
懒卷珠帘听燕语，泥他风度太温柔。

此时看来，他们的感情在包办婚姻中算是比较圆满的。但人无百日好，花无百日红。他们之间相隔的不只是心与心的距离，更是社会伦理与思想文化上的距离。

郁达夫与孙荃二人从1920年结婚，到1927年正式分居，在一起的时间其实都不到七年。在这漫长的七年里，痛苦其实是远大于欢乐的。

生活如同一座没有栅栏的监狱，两人的感情基础本来就不是很深厚，再加上社会环境的压力和与理想的受挫，郁达夫将心中的火气撒向了妻子。

他曾在《茑萝行》里面毫无保留地记述了自己对于妻子的矛盾心理："在这样薄寒轻暖的时候，当这样有作有为的年纪，我的生命力，我的活动力，何以会同冰雪下的草芽一样，一些儿也生长不出来呢?啊啊，我的女人！我的不能爱而又不得不爱的女人！我终觉得对你不起！"这个善良的人儿始终对自己的妻子抱有深深的歉意。

在郁达夫的眼中，自己的妻子是无知的，怯懦的，却也是可怜的，他曾对自己的妻子说："我们的悲剧的婚姻不是你的过错，也不是我的过错，作孽的是你的父母和我的父母。"多年之后，他还清晰地记着孙荃来自己家里的情形："在穷乡僻壤生长的你，自幼也不曾进过学校，也不曾呼吸过通都大邑的空气，提了一双纤细缠小了的足，抱了一箱家塾里念过的《列女传》、《女四书》等旧籍，到了我的家里。既不知女人的娇媚是如何装作，又不知时样的衣裳是如何剪裁，你只奉了柔顺两字，作了你的行动规范。”

这样的女子是可怜的却又随处可见的，孙荃至少还有过一段幸福的婚姻时光，而第二任妻子朱安则是彻彻底底地做了“母亲的媳妇”。她拥有的是那样卑微的、毫无尊严的爱情，嫁他，他便是天，便是地，是一切。

郁达夫将孙荃比作茑萝，这是一个很形象的比喻。那个时候的女子从很小就裹足，一对三寸金莲根本无法支撑她们走到阁楼之外，也无法支撑她们长时间地站立，若想长久陪伴在丈夫身边，她们就必须成为茑萝，攀附在他们身上，依靠他们强壮的身躯去欣赏雾霭和霓虹。

她们太过于无知，无法像舒婷一样喊出那句“作为树的形象和你站在一起”。因此，这段婚姻注定无疾而终，即使是没有王映霞的介入，郁达夫和朱安的婚姻也迟早会走入坟墓。

神仙眷侣劳燕飞

1927 年，爱神再次垂青了郁达夫，从此，王映霞给郁达夫带来了数不尽的悲欢离合。一次偶然的机会，郁达夫通过好友孙百刚结识了王映霞。在看到王映霞的一刹那，郁达夫早已枯死的心脏就如同被注入了新鲜的血液一样，勃勃跳动。

王映霞究竟是怎样的一个女子，竟然对于郁达夫而言有化腐朽为神奇的功效?

那时的王映霞，用孙百刚的话来说就是：“她的婷婷的身材、健美的体态、犀利的谈锋，对人一见就热络的面庞，见着男子也没有那一种忸怩造作之态，处处都显示出是一位聪明伶俐而有文化教养的女子。

尤其她那一双水汪汪的眼睛，一张略大而带有妩媚曲线的嘴唇，更给人以轻松愉快的印象。”

面对这样一位女子，郁达夫的心如同被搅乱了的一池春水。他在心中暗想：“此事当竭力进行，如若不成，当和她做一个永久的朋友。”初次见面，郁达夫那文人专属的冲动与激情就一波波袭上他的心头。

王映霞也是一个受过新式思想熏陶的人，接触后发现郁达夫很不错，便心生好感。她在当天的日记中记录：“他身材并不高大，乍一看有一些潇洒的风度。一件灰色布面的羊皮袍子，衬上了一双白丝袜子和黑直贡呢鞋子。从留得较长而略向后倒的头发看上去，大约总也因过分地忙碌而好久未剪了，他前额开阔，配上一副小眼镜，颧骨以下，显得格外瘦削。”

郁达夫很快提出邀请大家一起吃饭，王映霞也精心打扮了一番，一件颜色鲜艳的大花纹旗袍，衬托出丰满匀称的身材，像夏天晨光熹微中一朵盛开的莲花，娇艳中散发着清新之气。

王映霞对郁达夫也颇有好感，席间多次为他斟酒，郁达夫并没有就此停止进攻，接下来几天又多次邀请孙氏夫妇和王映霞逛公园、看电影、听戏。

孙氏夫妇很快就发现了郁达夫醉翁之意不在酒，郁达夫也毫不掩饰，在朋友面前承认了对王映霞的爱恋之情，他还要求朋友为自己说媒。

但孙氏夫妇并不赞同他的这番感情，虽然郁达夫是文学奇才，但在自己的感情生活中，他似乎不像在文字间那样游刃有余，他毕竟已是一个有妻子和孩子的男人。王映霞犹如芙蓉清纯美丽，嫁给一位有妇之夫，简直是天大的笑话。

局外人很快看到这场爱恋的不可实践性，但当局者迷，郁达夫依然对王映霞穷追不舍，王映霞被逼无奈只好暂回杭州老家避避风头，怎奈郁达夫竟去杭州找她，在雪中等待，一站就是三个钟头。

山重水复之时，郁达夫写给王映霞的一封信又让陷入死局的形势出现了扭转的可能，信中有一句话对王映霞的触动很大，“人生只有一次婚姻，结婚与爱情，有微妙的关系，你但须想想当你结婚年余之后，就不得不日日作家庭主妇，或抱了小孩，袒胸哺乳等情形，我想你必能决定你现在所走的路。你情愿作一个家庭的奴隶吗？你还是情愿做一个自由的女王？你的生活，尽可以独立，你的自由，绝不可以就这样轻轻地抛弃。”

2月9日他又给王映霞写了一封更直白的信，“不消说这一次我见到了你，是很热烈地爱你的。正因为我很热烈地爱你，所以一时一刻都不愿意离开你。又因为我很热烈地爱你，所以我可以丢生命，丢家庭，丢名誉，以及一切社会上的地位和金钱。所以由我来讲，现在我最重视的，是热烈的爱，是盲目的爱，是可以牺牲一切，朝不能待夕的爱。”

终究是女人，王映霞最终沉沦在郁达夫的情书里。波折之后王映霞终于答应和郁达夫相见，二人的感情在一次次见面中逐渐升温，郁达夫也获得王映霞外祖父的认同。

1927年6月5日晚上，杭州聚丰园里红烛高照，笑语盈盈。来参加郁达夫和王映霞订婚仪式的好友基本都已到齐，男主人风流倜傥，女主人妩媚动人，羡煞来宾。郁达夫沉醉在满足之中，脱口而出：“诗酒纵难追白也，毕竟倾城是美人。”更有来宾送给他们二人“富春江上神仙侣”的美誉。二人在第二年正式结为夫妻。

婚后的生活并非“富春江上神仙侣”那样自由自在，不过寥寥几事——柴米油盐酱醋茶就已让他们焦头烂额，在越来越久的相处中，二人性格上的冲突也逐渐升级。

郁达夫曾公开出版自己的日记，里面记载了他和王映霞的热恋以及爱人间的亲密接触，甚至“亲嘴”等这样的词语也出现在其中。王映霞则认为把二人的闺房之事公开发表有失庄重，一直存有心结。

在王映霞看来，郁达夫是一个从不忏悔的人，这一点，从他闻名于世的作品中就可以感觉得到。他总认为，将自己的苦闷与烦恼倾吐出来之后仍无损于原先的感情。可惜，世人不解，惊异于郁达夫勇敢的赤裸裸的“自我暴露”，可悲，王映霞也不解。

1933 年郁达夫和王映霞几经商量之后，决定移家杭州，王映霞终于实现了“树高千丈叶落归根”的愿望，郁达夫也有此感。

他在《住所的话》中说："自以为青山到处可埋骨的流人，一到了中年，也颇以没有一个归宿为可虑。近来常有求田问舍之心，在看书倦了之后，在夜半醒来或第二次再也睡不着的时候。"

游子思乡，飞鸿倦旅，对于乡土观念浓厚的二人，在外人的劝阻下也仍然毅然迁往杭州。刚刚迁居杭州之时，一家人的居住环境很是简陋，郁达夫在文章中多次提到想要建造一所房子，可以在闲暇之时喝喝酒，睡睡午觉，看看闲书打发时间。

1935 年，郁达夫终于开动了，经过一年时间的施工"风雨茅庐"正式建成。5 月 1 日，全家迁入这所住宅。

乍一听名字，仿佛有一些杜甫的"茅屋"的简陋之感，但事实上"风雨茅庐"在当时是一个很豪华的住所，社会上的名流耳闻此事，也经常前来参加聚会，因此，一时间它竟摇身一变，成为社交场合，而这也为二人以后的不欢而散的结局埋下了祸根。

1936 年 1 月 15 日，郁达夫收到了赴闽之行的邀请，欣然上任。由于丈夫常年在外任职，家中又天天高朋满座，耐不住寂寞的王映霞终于红杏出墙了，第三者则是郁达夫在日本留学时的好友——许绍棣。知晓此事的郁达夫非常气愤。

为了挽救自己的爱情，郁达夫放弃在福建的工作，携王映霞前往武汉，然而为时已晚。1938 年 7 月初，郁达夫和王映霞发生了激烈的矛盾冲突，并且公开化，一时间轰动武汉文艺界。

抗战中颠沛流离的生活是十分艰难的，王映霞总是向丈夫抱怨，并威胁他“要走就把孩子也带走”，而郁达夫则立即回敬一句“要走你走”。

一气之下，王映霞离家出走。郁达夫在寻找妻子无果之后，喝酒消气，无意之中发现了许绍棣写给王映霞的“情书”，于是立即在王映霞的旗袍上写到“下堂妻王映霞改嫁之遗留物”。

气愤的他还在大公报馆刊登一则启事，“王映霞女士：乱世男女离合，本属寻常。汝于某君之关系，及携去之细软衣饰金银款项契根等，都不成问题，唯汝母及小孩等相念甚殷，乞告以住址。”

躲在朋友家的王映霞看到之后，十分气愤。夫妻争吵不过是寻常之事，没想到郁达夫竟然把自己的离家出走之事刊登于报纸之上。字句针对自己，尤其是“与某君之关系”更是让她心痛。

王映霞要求郁达夫在报纸上再刊登一则启事，澄清自己所受的屈辱。为了挽回二人濒临危机的婚姻，郁达夫于第二天刊登一则启事：“达夫前以精神失常，语言不合，致逼走妻映霞女士，并登报招寻。启事中曾误指女士与某君的关系及携去细软等事，事后寻思，复经朋友解说，始知全出于误会。兹特登报声明，并致歉意。此致映霞女士。”

事后二人还写了一张协议书：

达夫、映霞因过去各有错误，因而时时发生冲突，致家庭生活，苦如地狱，旁人得乘虚生事，几至离异。现经友人调解与指示，两人各自反省与觉悟，拟将从前夫妻间之障碍与原因，一律扫尽，今后绝对不提。两人各守本分，各尽夫妻之至善，以期恢复初结合之圆满生活。夫妻间即有临时误解，亦当以互让与规劝之态度。开诚布公，免求谅解。

表面上看起来二人又一次复合，但他们自己清楚，有一些东西一旦出现裂痕，就再也难以修复如初。

1938 年 12 月，郁达夫受好友邀请前往新加坡参加抗日救亡运动，王映霞也同去。这期间，郁达夫的“自我暴露”病又一次发作。

1939 年 1 月，他在《大风》旬刊上发表《毁家诗纪》，本意是揭露汉奸许绍棣，但其中一些语言又令王映霞十分难堪。王映霞迅速地以《一封长信的开始》和《请看事实》两篇予以反驳。至此二人关系完全破裂，王映霞和郁达夫过起了分居生活。

1940 年 3 月，二人协议离婚，这对曾经被艳羡的神仙侣最终只能劳燕分飞。真是大堤杨柳记依依，此去离多会自稀。秋雨茂陵人独宿，凯风荆野雉双飞。

带着一身伤痕的王映霞单身回国，两年后，再做新娘，在重庆的盛大婚礼上重拾光彩。

黎明前的生命挣扎

郁达夫在南洋参加抗日救亡活动时，总是会在华侨集会上神采飞扬地演讲，这种洒脱不羁的作风给他带来了许多“粉丝”，而当时服务于英国政府情报部的李筱瑛就深深地被郁达夫强烈的爱国热情与飞扬神采所吸引。

由于工作上的需要，李筱瑛对郁达夫的感情也在逐渐增多的交往中升温。李筱瑛也结过婚，但由于和丈夫感情不合而分居，了解了郁达夫和王映霞的事情后，李筱瑛对同病相怜的郁达夫深表同情。

1942 年 1 月初，郁达夫担任了新加坡文化界抗日联合会的主席，在得知郁达夫工作之余还要照顾一个十来岁的孩子，李筱瑛十分牵挂。

多次思量之后，她终于决定搬过来和郁达夫同住，郁达夫对于此事没有反对。

李筱瑛并没有把自己看作一个客人，下得厨房出得厅堂的她俨然是一位女主人的姿态。对郁达夫的儿子郁飞，她也是极尽宠爱。李筱瑛的热情与爱意深深地感化了郁达夫冰冷的内心，他似乎又回到了以前意气风发的时刻。正如他的友人所说："郁达夫有一颗努力向善和上进的灵魂，但必须时时有爱情和友情给以抚恤和鼓励。"这其实是可以理解的，对于充满幻想的文人来说有时候精神上的理解胜过物质上的满足。

战争形势越来越严峻，日本侵略军日益逼近郁达夫他们的住地，新加坡危在旦夕。经过商量，郁达夫决定将自己的儿子郁飞送回国内。后来情况不断恶化，情报部也做好了撤退的准备，身为工作人员的李筱瑛也要一起撤，但郁达夫并不属于情报部的内部人员，因此他并没有搭上撤退航班的资格，但以他的出身、学历、声望、地位，留在新加坡日军又很可能会利用他，迫害他。

1942 年 2 月 4 日清晨，郁达夫和新加坡"华侨抗敌委员会"的一批文化人一起，从炮火纷飞中撤离了新加坡。

此时他的内心是复杂的，遥想三年前，他和妻子、儿子远渡重洋，充满了对于抗战的热情，而今天却劳燕分飞，妻离子散。郁达夫和他的同伴渡过了马六甲海峡，撤退到了荷属的苏门答腊岛，但由于他们中大多数人没有合法的入境手续，所以在登陆后被荷兰官员扣留了两天，后来几经波折，又来到了一个叫作望嘉丽的海岛上。

在颠簸中，郁达夫仍然没有忘记那个曾经给予过自己温暖的女子——李筱瑛。曾写诗怀念她：

誓记钗环当日语，香余绣被隔年熏。
蓬山咫尺南溟路，哀乐都因一水分。

有时，他还会去附近的城里听听广播，一方面出于对于战争时局的关心，另一方面是想听到李筱瑛的声音，真可谓“却喜长空播玉音，灵犀一点此传心。”

随着爪哇的沦陷，郁达夫和同伴们又转移到了一个叫作彭鹤岭的海滨小村。为了掩人耳目，郁达夫改名为赵德清，并且开了一家杂货店作为掩护。后来，随着新加坡一些华侨领袖、富商和进步的文化人在此慢慢聚集，日本宪兵的注意力也渐渐转移到这里。

为了躲避日本人的纠缠，郁达夫和他的同伴又一次转移到苏门答腊的内地村落——巴爷公务。他们利用一笔外资开办了一家酒厂，而郁达夫以“赵廉”之名出面做了老板。为了减少日军的怀疑，朋友们还为郁达夫物色了老婆，五十而知天命的郁达夫迎来了人生感情史的又一座高峰。他的新娘名叫何丽友，一名广东女子，年仅 20 岁，相貌平庸。郁达夫曾跟她开玩笑曰，“何丽友，何丽之有？”婚后第二年，何丽友诞下一名男婴，取名大亚。

郁达夫的非凡的谈吐和举止依然引来日本人的怀疑，1945 年元旦，先知先觉的郁达夫竟早早给妻子写了一封遗书，大致内容就是交代自己的家财以及在国内孩子的情况。

尽管此时的他处事淡定，但当死亡真正逼近时，他的内心是恐惧的。面对死亡，人们总是做不到泰然处之，毕竟只有活着一切才有依附的意义。1945 年 8 月，在世界人民的英勇抗战下，法西斯分子终于升起了投降的旗帜。15 日，日本侵略者宣布无条件投降。黑暗终于过去，黎明终将来临。远在苏门答腊岛的日本侵略者却余威未消，由于郁达夫知道日本侵略军太多的秘密，为了掩藏恶行，8 月 29 日夜郁达夫被残忍地杀害。

郁达夫就这样被最后的一抹黑夜吞没了。

真正的黎明已经到来，但在这个霞光还未照到的地方，一个没能亲眼看到自己为之奋战的光明的人，一个尢比坚毅又无比痛苦的人，就这样消逝了。

这是郁达夫的悲剧，也是亿万万死去的中国烈士的悲剧。为了故国不再沉沦，他将自己生命放逐到死神的旋涡之中，永远离去。

卷五

人生难得欢聚莫道离别——李叔同

一降人世之古宅深深

他是温文儒雅的翩翩公子，他擅书法，精金石，通诗词，达音律。丰子恺曾将他比作全能的优伶，“起青衣像个青衣，起老生像个老生，起大面又像个大面”，完美得像古卷小说中拓下来的才子典范。

他的一曲《送别》，在长亭古道，夕阳残笛里凄凄切切道尽千古离别愁绪，而他自己则在历尽红尘的繁华之后，选择从艺术的顶峰退居深林古寺中，一袭青衣伴古佛，晨钟暮鼓尘缘破。

他的一生跌宕起伏像是一场传奇故事，细读之仿佛春日暖阳能熏起草木清香，诗情画意中，自可体会其中的哲思物语。

一方水土养一方人，而家庭环境对一个人的性格养成更是至关重要，看李叔同的出身就足以追溯到他诸多性格侧面和人生选择的源头，更可以完整地了解一代大师的养成轨迹。

1880 年 10 月，李叔同在天津出生。长辈为他取名文涛，字叔同。李叔同的父亲李世珍，字筱楼，是完全符合当时社会家庭期望的士子。他与清末名臣李鸿章为会试同年，十年苦读于清同治四年中进士，曾官至吏部主事。后辞官返津继承祖业，几乎垄断了天津的盐业，成为当时的津门巨富，晚期则着力于兴办钱庄，是天津较早的银行家之一。

官则高官，富则巨富，不仅是一代受中国传统文化熏染的文雅儒生，更有一颗乐善好施的慈悲之心。李世珍不仅乐于扶贫济弱，广散钱财施舍粮食、棺木，还大力兴办义塾，发展教育在天津一带曾获得“李善人”的雅称。

李叔同的母亲王凤玲，原本是李家丫鬟，后被李筱楼收为第三房姨太太。她性格温和，略通文字，诚心向佛。李叔同在家中排行第三，出生仅四年，父亲病逝，享年七十二岁，从此母亲在他的人生历程之中将扮演更为重要的角色。

因其父母皆信佛，家中更是时常有焰口法事相应的佛事活动，耳濡目染之下，李叔同自然亲近佛学，由此可看作是他皈依佛门的根源。

清末是封建社会日渐衰落的时期，一个存在已久的社会系统对其渐趋消亡的命运有着本能的挣扎和反抗，所以清末同时也是封建集权最为严重的时期，这也成为黎明到来之前最为黑暗的时光。

投射在具体的社会现实之中，即封建礼教、封建伦理道德对人身体心灵的压迫双双达到顶峰。孤儿寡母在这样的环境下生存，自然事事谨慎留意，不敢多行一步路，不愿多说一句话。

自幼在母亲的教导之下成长起来的李叔同，沉默寡言，无论是游学还是任教甚至于最后出家云游，独处都在李叔同的生命中占据了相当重要的地位。慎独而勤学、而善思，孤独给予了李叔同最大的思考空间和发展潜能，极大地影响到了他最终的人生选择。

从个人发展的角度来看：名门望族，大富大贵之所在，既给李叔同学习中国传统的戏曲、书法、篆刻等创造了有利的环境氛围，也为他日后出国留学，接触西洋音乐、绘画等提供了有力的财力物力支持。

仓廪实而知书识礼，坚实的物质基础是精神修习的必备条件之一。天时地利人和，塑造出一代全才的翩翩公子。

父亲是十年苦读终登朝堂的天子门生，自然结交了诸多志同道合的文人学友，其胸中自有真才实学，家中自有典籍浩瀚。在这样便利的物质条件和人文环境中，李叔同从小就学习书法，从临摹柳、颜到逐渐练习篆书隶书，十一岁开始即热衷于碑学；长期以往而为其书法篆刻艺术奠定了坚实的基础。

他所受的启蒙教育大多是由夫子长兄教习国学经典，如《诗经》、《史记》等，十四岁时就文才初露，有“人生犹似西山月，富贵终如草上霜”之句颇为流传，其后更是广交名士，修得诗词文融会贯通自成高格。

一面是自己本就天资聪颖勤奋好学，一面是格外优越的师友交游氛围，年轻时的李公子就像是《红楼梦》中颇受文人儒生吹捧的贾宝玉一样，声名也得来的分外简单。但又比贾宝玉更符合社会家族希望子孙入仕的要求，习八股考功名，颇为中规中矩。

而李家大宅院里的生活也基本与《红楼梦》中贾府的日常行事相类似，逢年过节总会请一处戏班子到家中唱上几出戏曲，浓墨重彩、声腔悠扬，别有一番引人入胜的韵味在，八岁的李叔同就对在家里演出的京剧萌生了浓厚的兴趣，此后更是常往票房学戏，结交名伶，并自己创作甚至登台演出。

1896 年，16 岁的李叔同正式师从天津著名书法篆刻家唐静岩学习篆刻，在此之前已有将近八年的金石雕刻经验。如此种种，李叔同活脱脱就是古典小说中精心刻画的富家公子形象，举手投足、兴趣爱好都符合纨绔膏粱的模样。从书法诗文到篆刻戏曲，李叔同的少年时光可谓是尽情徜徉在中国古典文化艺术的海洋，也正是这些饱含东方风味的技艺，将温文儒雅、博思善学、风度翩翩等种种气度深深种进了李公子的骨血之中，使得他温润如玉，作诗做人都饱含诗情画意。

17 岁李叔同成婚时，其兄长予 30 万供其家用，李叔同于此购买了一架德国钢琴，开始学习拜厄的《钢琴基本教材》以及车尔尼的《钢琴初步教程》，至此，西洋音乐开启了他通往更广阔的艺术世界的殿门。

1905 年，李叔同东渡日本留学，在上野美术专科学校专攻西洋画，同时在音乐学院继续学习钢琴，并且跟从著名导演藤泽浅二郎学习西洋戏曲。他如饥似渴地向着更广阔的世界前进，对任何一种艺术都有着本能的好奇和强大的兴趣，积极而刻苦地不断充实着自己……

毫无疑问，优渥的家庭背景是他求学路上最强有力的支撑，只有这样的环境才能培养出一代琴棋书画皆通的翩翩公子。家庭氛围和家庭教育是李叔同成人成才的根源所在，就像是参天大树深埋在泥土里的根系，其地位自然不能被忽视。

一染落花兮情事缠绵

从 1880 年出生到 1918 年正式在杭州虎跑剃度出家，38 年的红尘时光里，除了自小生活的家庭，不得不谈的还有李叔同的婚姻爱情生活。才子佳人、花前月下，可谓李叔同人生中最温柔缱绻的时光。

1897 年，17 岁的李叔同谨遵母命迎娶俞氏，俞氏出生于天津有名的茶商之家，年长叔同 2 岁，为人端庄淑静。两年后，两人的长子葫芦产后即夭折，1901 年 9 月，次子李准出生，3 年后，三子李端出生。1923 年 1 月，发妻俞氏病逝于天津，终年 45 岁，当时在杭州读书的李叔同本拟北上奔丧，但由于北方战乱交通不便，未能成行。

在各种版本的李叔同传记、年表中，关于李叔同这段婚姻的记载都不过是如上这般寥寥数语，素有才子之名的浪漫诗人，也鲜有相关的诗画来传情达意。可只言片语却涵括了一个女人一生的悲喜情仇。

一个是盐业大亨之子，一个是茶商世家之女，他们的结合无非是父母之命、媒妁之言的包办婚姻，是所谓的门当户对，却根本无所谓爱情。一个是深闺里养出来的大家闺秀，一个是声名在外的风流才子，原本完全陌生的两个人，最开始相识却偏偏是捆绑在最亲密的婚姻关系里，举手投足间都是尴尬。

李叔同从小受“所谓伊人，在水一方”古典诗词的浪漫启蒙，加上他又对《西厢记》《牡丹亭》等情意绵绵的戏曲十分喜爱，这样一个人，内心自有柔情，丝毫不用质疑他是多么渴望邂逅一场缠绵的爱情。而现实中，他却被束缚在一段畸形的婚姻关系里，何其不幸，何以压抑。所以在二人婚后不久，李叔同曾有一段流连于青楼沉醉于声色的放荡时光。

1899 年，李叔同在沪与许幻园、袁希濂、蔡小香、张小楼结成金兰兄弟，时称“天涯五友”，并作诗一首相赠蔡小香，题为“戏赠蔡小香四绝”，中有“眉间愁语烛边情，素手掺掺一握盈。艳福者般真羡煞，佳人个个唤先生……轻减腰围比柳姿……佯羞半吐丁香舌，一段浓芳是口脂”之语，这种诗词其实极为生动地反映了富家公子的生活常态。

时值清政府被迫签订丧权辱国的《辛丑条约》之时，烽火硝烟之中个人的名利不过都是过眼浮云。战乱之中满怀忧愤的李叔同转而寄情于声色，颇为无奈。

这段时间，他接触了不少的风尘女子，在其诗文中多有记述，比如《为老妓高翠娥作》、《七月七夕在谢秋云妆阁，有感诗以谢之》等，仅从题目就可以窥见其中的艳丽风情。虽然这段声色犬马的日子并不长久，但是就其发生的时间点来看，其实可以从侧面窥见李俞二人婚姻的裂痕。

纵使君有满腔柔情也不愿把这花前月下的缱绻示于结发之妻，即便君心也有凤凰于飞的渴望也无法坦然爱上这段强扭的姻缘。

在李公子的眼中，恐怕没有爱情的婚姻更像是缚人手脚的牢笼吧。而她，并非是他心之所向的佳人，所以再美好的时光，也不过是错付给了深深古宅、幽幽大院。

俞家小姐心中所感所想，我们不得而知，但历史上这样的女子何其多矣。

她们盛放的年华本应是这世间最鲜艳明媚的风景，却被封建礼教、伦理纲常一层层囚禁在闺阁之中。但凡稍通文理都会孤芳自赏，深深悲叹自己韶华逝去，为自己被压迫被剥削的命运而悲鸣。何况天有比翼鸟地有连理枝，女子渴望一个相知相爱的良人本就是最自然而美好的感情，当这一切憧憬都在漫长的年岁里被磨灭，其中的愁绪悲情自然才下眉头却上心头。

被家族许配给李公子的俞家小姐，出阁之前肯定也悄悄打听着自己未来夫君的模样，肯定也在推窗窥见春花烂漫的日子里默默幻想过两人今后琴瑟和谐的生活，肯定在红烛下盖头掀开的那一刻深深地紧张过，肯定在初为人妇的日子里千方百计讨他欢心过……只可惜，终究缘浅，无论她究竟有没有爱上李公子，她都是只能把这一生，错付。

或许是为了孝义，或许是心中还有一丝牵挂，李叔同一直维系着这份婚姻。1905 年，其生母王氏病故，在护送母亲灵柩回津之后，他将妻儿安置在了天津，独自返沪。

二人朝夕相处的婚姻生活正式落幕，此后叔同赴日留学，在江浙一带任教并最终出家云游，两人的生活左不过是一怀愁绪，几年离索，生离死别之中，再多时光也终被辜负。更何况东渡日本之后，李叔同还遇到了他心目中的缪斯女神。

1907 年李叔同在日本学习西洋绘画时，与自己的绘画模特——一位日本姑娘逐渐相爱，并于同年娶其为妻。

1910 年，李叔同与爱妻回国，将之安置在上海，孤身短暂回津探亲之后，他选择回江南工作，此后的生活圈子就基本固定在了江浙沪一带。1918 年李叔同剃度出家，将家产赠予日籍夫人，这次赠予涉及他诸多好友弟子，却完全没有提及在老家的原配俞氏。

1919 年，日籍夫人专程到杭州虎跑寺求见，弘一大师拒而未允，夫人挥泪离去，返沪后在李叔同最心爱的弟子丰子恺的资助下自行返回日本。历史上鲜有与这位日籍夫人相关的记载，甚至连她确切的名字都无法考证，但是现有资料足以证明，他们是因为爱情才最终结合。

这段浪漫的爱情故事虽然并不得花好月圆的完满，却也足以引人无限美妙遐想。私心里想来，李先生所逢的这位日本女郎，正应该像是徐志摩诗中“最是那一低头的温柔，像一朵水莲花不胜凉风的娇羞”般美好的模样。

他们相逢在缤纷的画室中，在洁白的画纸上，他用温柔的笔触明亮的色调来勾勒她的一颦一笑，渐渐地，这笑容从笔尖传达到了他心灵深处，镌刻在那儿，凝生出一颗相思的红豆。在水莲花的眼中，这异国的才子温柔多情玉树临风，认真作画的模样简直会发光，一次又一次凝眸中，羞怯渐渐染红她的双颊，从此美妙身姿只为他而绽放。

像一笔笔完成一幅绝妙的油画般，他们的爱情也在诗情画意里逐渐生根发芽，枝繁叶茂。一个是最温柔可人的妙龄女郎，一个是风姿绰约的多情公子，金风玉露一相逢，便胜却人间无数。他们自然而然地相爱了，完全是在心灵相吸的情况下自由地相爱了，这本就美好如画。从此公子身边自有红袖来添一段香。

他漂泊重洋来逢她，她只身离家去追随他。从海岛日本到中国江南，从这十多年的时光可谓是两人生命中最美好的日月了，他们有着截然不同的文化背景和差别甚远的生活经历，但是爱情是多么奇妙的东西，它让两个人相识相知，相许相随。

他定画过她最美的侧颜，她定听过他谱的乐章，说不定曾在漫天樱花下携手漫步，说不定曾在江南烟雨中四目相对，她为他唱一曲家乡的童谣，他吟一首关关雎鸠来和……

这世间唯有爱情，超越年龄，超越种族，超越生死。令局中人动心，引得局外人唏嘘感叹。虽然最终她并没能阻止李先生剃度出家，但在漫漫人生中，能得一真心人相伴数十载，10 年的云卷云舒都看遍，10 年的风霜雨雪都并肩，足矣。

李叔同的婚姻和爱情断然分裂为两个篇章，前者至悲至苦，将青葱华年都蹉跎，是历史的牺牲品；后者至情至性，相遇相知都美好如画。

他终究是幸运的，这何其短暂的一生中，能够拥有这样或悲或喜的情感体验。生命因曲折而丰富，因跌宕而多彩。只有所有风景都看过，才有放弃的权利，和懂得取舍的睿智。

一登峰巅之艺术人生

在中国近现代约百年的文艺发展史上，李叔同可谓是公认的通才和奇才。诗词曲赋、音乐美术、篆刻曲艺他皆有涉猎并都有很高的成就。李叔同是中国新文化的先驱者，他最早接触西方的油画、钢琴、话剧并将其引入中国，同时也为我国近代的教育、宗教领域做出了突出贡献。

他是傲然独立在中国近代艺术阆苑里的一朵奇葩，就如林语堂曾坦言“李叔同是我们时代里最有才华的几位天才之一，也是最奇特的一个人，最遗世而独立的一个人。”

首先看书法篆刻。李叔同学习书法的时间甚久，他 4 岁就开始临摹，8 岁即从师著名书法篆刻家唐静岩学习篆刻，11 岁开始学习篆书、隶书，热衷碑学。1900 年，他将自己的印章作品和家藏古代名印编辑成《李庐印谱》出版，并于同年加入“上海书画家公会”，在其中向大众讲授篆书篆刻课程。

35 岁，李叔同加入名气颇大的西泠印社，并倡议创立了一流的金石篆刻协会“乐石社”。李叔同的书法篆刻都臻于极致，鲁迅曾赞其书法“朴拙圆满，浑若天成。得李师手书，幸甚！”由此可见其墨宝何其可贵。

字如其人。李先生早期的书法脱胎于魏碑，自有一股灵动俊逸在其中，后期则逐渐形成了自己独特的风格，纯淡质朴、温婉清丽。而他出家后的书法作品，更是积淀下足够的笔力和心性，别有一般闲云野鹤的淡远情趣在。

这是炉火纯青后的极度平淡，是手法老练之后的极端淳朴，是包孕万千的简约，意味无穷。正如他自剖的那样：“朽人之字所示者，平淡、恬静、冲逸之致也。”在李叔同出家为僧后，他唯一没放弃的就是书法，练字能静心，更能修身养性锤炼出一个人的品德。

李先生在宣纸上创造的书法艺术正是他的灵魂在笔尖起舞，起落浓淡之中呈现了他淡然处世的人生态度。

再看戏曲。戏曲作为中国通俗文化之一有着悠久的历史，但戏子伶人，在等级分明的中国封建社会里一直地位低下，是供人把玩的消遣之物。

出身富贵的李叔同童年时期就对京剧产生了浓厚兴趣，常常跑去票房学戏，和京剧名伶杨翠喜相交甚深，并常上台演出。日本求学时李叔同又全面接触和学习了西洋新剧，并为新剧在中国的传播和推广做了突出的贡献，可以算是中国话剧运动的先驱和中国话剧的奠基人。

1907 年，李叔同在日本与曾延年等人共同发起成立了“春柳社”，这是近代中国第一个话剧团体。同年 7 月，李叔同在排演新剧《茶花女遗事》中亲饰茶花女玛格丽特，这次演出充分体现了李叔同的演艺才能，他扮演的茶花女风情万千又温婉悲情，赵朴初有诗云：“深悲早现茶花女，胜愿终成苦行僧。无尽奇珍供世眼，一轮圆月耀天心。”

这部由国人上演的第一部话剧在神田区青年会公演取得了巨大成

功，极大地促进了春柳社的发展壮大。虽然他并没有长期从事戏曲演艺工作，但对中国现代话剧的整体发展而言，李叔同就像惊蛰时期的第一声春雷，唤醒了一整个沉睡的世界。在他的影响下，中国的传统曲艺终于与世界接轨，衍生出属于中国的话剧艺术形式。

油画给李叔同带来了生命中最美好的爱情，李叔同也为油画在中国的传播和发展做出了努力和贡献。他是中国油画的开山鼻祖，1905年李叔同东渡日本，在上野美术专科学校学习西洋画，回国后成为引入西洋画相关知识的第一人。

他曾在浙江省立第一师范学院成立“洋画研究会”，专门普及西洋画知识。在艺术方面，他天资聪颖、热情奔放，是第一个聘用裸体模特进行教学的人。青年时期的李叔同就对艺术怀有满腔热血，他的绘画生涯也鲜艳明媚得像多彩油画，自在而潇洒。他所作的《裸女》、《李叔同自画像》均是博物馆珍藏的瑰宝，他就像是建造在中西方美术领域之间的一座桥梁，包容而坚韧。

李叔同最大的才华展现在他的音乐创造上。一首《送别》曲辞优美，声调悠扬，成了近百年来毕业赠别的最佳曲目：

“长亭外，古道边，

芳草碧连天。

晚风拂柳笛声残，

夕阳山外山。

天之涯，地之角，

知交半零落；

一杯浊酒尽余欢，

今宵别梦寒。

长亭外，古道边，

芳草碧连天。

晚风拂柳笛声残，

夕阳山外山。”

一首短短的歌词，展现了李叔同出色的诗词才华。长亭、芳草、柳、夕阳一个个交相辉映的意象，均是古典诗词中反复出现的与离别相关的物象，从而整体上，通过利用这种文化氛围中的互文性，营造了一个情景交融的意境，曲辞短小却意味深远。

李叔同在幼年之时就格外欣赏王维的诗词，这首曲子也深得摩诘

"诗中有画，画中有诗"的韵味。

夕阳西下，落霞染红了长亭短亭，杨柳微风吹起长袍衣袂。我折一枝家乡的柳枝赠君，却留不下你西行的脚步；昨夜我们还在狂歌一曲把酒话别，今宵你我就将要天各一方苦等再见之期。远方是谁在吹一支横笛，笛声幽咽残缺，是否吹笛人心中也饱含离别愁绪？无奈啊无奈，送君千里终须一别，从此只盼望彼此安康长久，千里共婵娟……

曲调更兼宛转悠扬，朗朗上口。声音唱和之中如泣如诉如怨如慕，情意缠绵更是久久在人心头回旋。如此曲辞和谐的歌曲，自然赢得众人的喜欢，经久不衰。

除却《送别》，李叔同还有将近70首乐歌传世，比如《忆儿时》、《西湖》等，他的乐歌与中国古典诗词一脉相承，多是借景抒情的佳作。他创作的文辞清秀典雅，声调抑扬顿挫错落有致，更兼具画意禅意，意味深远。

李叔同曾全面修习过中西方音乐，素养甚好，所选配的多是西方通俗而经典的名曲，他独到的眼光和灵感使得曲辞的结合相得益彰，从而备受人们喜爱，流传甚广。李叔同也正是凭借这些融汇东西方精髓的乐歌成为中国近现代音乐史上的启蒙先驱，他用自己的作品宣告了一个新时代的到来。

他所创办的《音乐小杂志》是中国第一部音乐刊物，他积极从事音乐教学工作，致力于培养具有专业素养的音乐人。为中国现代音乐的发展引领方向，贡献人才，使西洋音乐淙淙流淌进中国人的生活之中。

书法篆刻、戏曲演艺、音乐和绘画是李叔同十八般武艺中最为出彩的几种，他在这些方面取得的巨大成就都成为他人生中最耀眼的勋章，他的生命因此丰富多彩，也因此而有比普通人更广阔的世界和更深刻的哲学领悟。

1918 年，38 岁的李叔同在春节期间来到杭州虎跑寺落发出家，自此皈依佛门，开始了另一种人生。纷纷扰扰红尘路，可谓是爱恨情仇都尝遍，功名利禄都体验，从今而走的，则是精神上的漫漫求索路。

一别凡心佛缘深

著名文学大师，漫画家丰子恺在《我与弘一法师》一文中提出了人生的三重境界说，他把人的生活分作三层：“一是物质生活，二是精神生活，三是灵魂生活。物质生活就是衣食。精神生活就是学术文艺。灵魂生活就是宗教。”他认为弘一大师就是属于一步一步走上第三层的宗教徒，“不肯做本能的奴隶，必须追究灵魂的来源，宇宙的根本，这才能满足他们的人生欲。”

这样的论述虽然肯定了弘一法师一生求索的漫漫历程，却并不完全契合弘一大师与佛学的关系。因为他曾明白指出佛学并不是宗教。

据说，李叔同出生之日，曾有喜鹊噙松枝入产房，此物被视作佛赐善根，李叔同终生都将它携带在身边。这种说法虽根本不能考证其可信度，但是无论是家族传言还是后人附会之说，无非是为了证明李叔同的佛缘颇深。

事实也的确如此，李叔同的父母、大娘都信奉佛教，家中常有焰口、法事等活动，李叔同在很小的年纪就对佛事产生了兴趣，并且自小就熟悉佛家经卷和礼佛仪式。在他恋爱结婚志学从教的日子里，他很少接触到佛教，但这并不妨碍向佛的种子在他心中扎根。

1918 年，李叔同正式落发为僧，从此云游漂泊，在外讲习佛法的时间里，他的足迹也遍布祖国大好山河，因此留下了很多的文章，从中可以品读出弘一法师的佛学观。《佛法大意》与《佛法十疑略释》两篇文章可谓是大师讲授佛法的经典文稿，也集中体现了弘一大师心目中的佛学观。

大师认为，佛法非迷信、佛法非宗教、佛厌世、非说空以灭人世……佛学的核心是慈悲之心，即利万物他人一切生灵之心。在大师的观念之中，信奉佛法即是一种信奉大善的人生态度。终其一生，弘一法师都是在践行与宣扬这种佛法观念。

出家后，弘一法师一直严苛律己，遵守佛家戒律。他散尽钱财、斩断情缘，从挥金如土的富家公子一变而为勤俭朴素的佛门弟子，将个人的物质欲望和需求减到最低，专心追求精神的超越。他尊重生命敬爱生灵，落座之前都要摇晃座椅以免伤害到小虫子，他与弟子丰子恺合著的《护生画集》，处处可见这般细致入微的慈悲之心。他积极入世四处云游宣扬佛法，在自我修习的过程中力求带给更多人思想的碰撞……

对于弘一法师而言，皈依佛教更像是选择了一种净化灵魂的方式。他所看重的是佛学的慈悲，是佛学讲究善的内涵，并非是外在的仪式规矩。他所主张的正是在最大的限度上放弃诸般外在的物质欲望，把生活还原成为极简至纯的模样，顺其自然。这种人生境界即超越了常人的温饱生活，也完全凌驾于知识分子精神生活之上，是丰子恺所谓的第三层的最高境界。

弘一大师的选择完全建立在他体验过爱恨情仇，拥有过功名利禄之后的自然意志上，这也是最为可贵的地方。我们多少人，终其一生都在爱、恨、情、仇、功、名、利、禄八个字的泥淖里沉浮挣扎，得之即扬扬得意失之则郁郁寡欢，每个人都在无限的物质欲望之中苦苦求生，何谈甘愿退出选择放弃？正是这种强烈的对比才能显示出弘一大师的智慧来，不以物喜不以己悲，清风明月自入怀，何等地洒脱！

想来弘一大师云游讲经的日子自有侠士持剑行走江湖的畅快吧！从这山清水秀的江南一路南行至天高海阔的厦门，从日到夜，由春至夏，一袭略旧的袈裟穿过竹林和桃花，一双布鞋遍登名山和佛塔，向佛之心在日月星辰的洗礼中越来越清晰……

见山修得山一般的坚忍不拔，遇海习得海一样的开阔胸怀，花木荣枯而知生死有命。这样一路行而一路修行，其实人的一切智慧本就源自于对自然之道的模仿和参悟，大师正是选择回归自然，回归生命最原始最本真的模样。

他的生命因自然而蓬勃，所以他才能参透那些最基本的人生哲学。大智若愚，大爱无声，这才是最极致的智慧。践行之，便得到最完美的人生。

1942 年，大师在开元寺温陵养老院晚晴室圆寂。临终前夕，他特意交代了两点：

“圆寂前后‘助念’时，看到眼里流泪，这并不是留恋世间，挂念亲人，而是在回忆我一生的憾事，为一种悲欣交集的情境所感。”

“当呼吸停顿、热度散尽时，送去火葬，身上只穿这身破旧的短衣。遗体停龛时，要用小碗四个，填龛四角，以免蚂蚁闻臭味走上。应追将水加满，以防蚂蚁又爬上去，焚化时，损害了蚂蚁的生命。”

两段话既可以看弘一处理自己人生的智慧，又可以看出他对生命的尊重和慈悲。能把对生命的爱护考虑到如此这般细微之处，弘一大师心中定是有一片美好乐土在，他的逝世，因此而安详得就像是活佛坐化。或者说，他本就是行走在世间的佛。

弘一大师在我国佛学发展和传播的过程中扮演着极为重要的角色，他自身修习佛法的种种事迹，他的律己、他的慈悲、他的智慧、朴素就是宣传佛法最好的教材。他在各地宣讲佛学的演讲文稿则是汇聚了他佛学思想的文字瑰宝。能在乱世之中修成一弘一大师，佛家之至幸也！

纵观李叔同的一生，他出生名门富贵之所最后却选择将生命还原为至简，这是他生活的智慧。在艺术之路上苦苦求索，成就广博精深，这是他生命的魅力。正如夏丏尊所总结的，“综师一生，为翩翩之佳公子，为激昂之志士，为多才之艺人，为严肃之教育者，为戒律精严之头陀，而以倾心西极，吉祥善逝。”

他的人生路上既有甜蜜的爱情也有不幸的婚姻，既有极度的辉煌也有极致的平淡，本就如丰富多彩的厚重油画，配上一首禅意的诗词和一支悠扬的曲调，自然而然形成绝佳的风景。探讨他的一生拜读他的作品，无异于一场灵魂的旅行！

卷六

守护城墙的天使——梁思成

漫漫求学真知路

1901年的4月20日，整个东京充盈着轻柔的粉色。而这天，流亡日本的梁启超的家中也因一个小生命的诞生冲淡了盘旋家中许久的乌云。妻子李慧仙为他生下的儿子如同明媚的春光和灿烂的樱花使家中焕发出喜悦的光芒。

其实，梁启超曾经有个出生仅两个月就夭折的孩子，本就因戊戌变法失败而愁眉苦脸的梁启超在得知爱子夭折的消息后心情更是一落千丈，恨不得能一醉方休。

新生儿的诞生对梁启超来说像久旱的大地迎来细细的春雨，黎明的阳光拨开了惨淡的愁云，梁启超终于告别了漫长的黑夜，盼来了希望的曙光。梁启超斟酌了许久最后给这个小生命取名思成，这个名字饱含了梁启超的心愿。思成，思成，他盼望孩子能平安长大，成为栋梁之材。

梁思成没有辜负父亲的厚望，他不仅平安地长大，更成为建筑学界的一代宗师，为我国古建筑的保护工作做出了极大贡献。他提出的“修旧如旧”思想至今对建筑保护有重大意义。

对于所有的古建筑物来说，梁思成像是保护它们的天使，正是因为他不懈地奔走与努力，有些建筑才能屹立在这片土地上，供人们瞻仰与欣赏，追溯逝去的岁月。

梁思成出生于日本东京，随后随父母迁居到横滨和神户，美丽的富士山，轻柔的樱花，依山傍海的“双涛园”陪伴着他成长。在日本，梁思成度过了快乐的童年，他探索着所有使他感兴趣的事物，学习游泳和骑车，与父亲、姊妹、兄弟一起外出郊游，欣赏着烂漫地盛开并缓缓飘落的美丽樱花，与奈良温柔的鹿群嬉戏。童年种种美丽的风景和快乐游玩的记忆不仅丰富了他的生活，更滋养着他的心灵。直至成年，热情执着的梁思成为了自己的理想坚持不懈，而梁家温厚治学的家风又使梁思成在耳濡目染中获得了严谨智慧的学者气质。童年的一切经历都在潜移默化中影响着梁思成的思考与行为方式，为他日后选择的道路做了铺垫。

公元 1911 年，辛亥革命爆发，清政府被推翻，中华民国成立，在日逃亡多年的梁启超终于可以再次回到祖国的怀抱，梁思成也跟随父亲由日本回到中国。从此刻开始，祖国对梁思成来说不再仅仅是父亲口中那个遥远而美丽的地方，当他双脚站在祖国的土地上时，梁思成才真切地感受到它的魅力。

1915 年梁思成考进了清华学堂，在清华他延续了童年积极探索的性格。他学习了钢琴、小提琴、绘画，并且小有成就，而清华严格的管理方式也使其获益匪浅，例如不论贫富，每个学生的花销都要一笔笔记账，重点在培养学生的寒士品格。这样的教育方式与梁启超的教育观念也是不谋而合，寒士之风对梁思成最深远的影响就是，在今后的狂风骤雨的打击下他依旧能保持“不以物喜，不以己悲”的品格。贫困、疾病等都没能使他倒下，就像古老的城墙度过了一个个夏暑冬寒，经过了风吹雨打，守护着大地最后的记忆。

梁思成常常戴着一副圆框眼镜，黑色的头发打理得整整齐齐，镜片后一双活泼的眼睛透着文人的睿智，俨然一副温润如玉的谦谦君子模样。

1919 年，他与林徽因相识，两人正是春心萌动的年纪，一个是“陌上人如玉，公子世无双”的翩翩才子梁思成，一个是“手如柔荑，肤如凝脂，领如蝤蛴，齿如瓠犀，螓首蛾眉，巧笑倩兮，美目盼兮”的动人少女，二人躲闪的明眸之下已将爱情的种子埋在心里。

林徽因向梁思成表达了想学习建筑学的想法，对于建筑学到底是什么林徽因也说不清楚，但是梁思成从她的描绘中感受到这是一门很有趣的学问，这种共同的兴趣又使他们在互相的爱慕之情上又多一份高山流水觅知音的惺惺相惜。

两个年轻人心里已经悄悄地认定了对方。林徽因对于梁思成来说不仅仅像暖流温暖了梁思成的心灵世界，成为他心灵的归巢，对梁思成的事业更是犹如最得力的助手，在今后的几十年中两人相互扶持，成为彼此最坚实的后盾。梁思成就是在这样的环境下完成了在清华的八年学业。

随后，梁思成与林徽因在梁启超的资助下一起前往美国宾夕法尼亚大学学习建筑学，虽然对学院的刻板教学略有不满，但是梁思成仍认真完成每一项作业，成绩名列前茅。在西式的建筑学教育中他游刃有余，成熟而浩瀚的专业知识满足着他对建筑学的热情的需求，但学习之余，他又常常思考一个问题：在西方，每个国家对自己的建筑都有研究，唯独中国——这个有着故宫、颐和园、圆明园、大雁塔诸多辉煌建筑的国家却没有自己的建筑学体系。

每当别人向梁思成问起中国的建筑学，他总是哑口无言，心中充满遗憾与愧疚，因此，他也暗下决心，终有一日，他一定要抒写中国的建筑学。

在与林徽因结婚的蜜月期内，他们游遍了欧洲大陆，各国闻名的建筑让他们应接不暇，这也不禁让梁思成陷入沉思，欧洲几个世纪前的建筑经历了战火风雨尚能屹立而不倒，雄伟别致的中国古建筑却在战火中化为灰烬，他多希望能回到祖国，用自己的声音，自己的双手，挽回无法估量的损失，至此保护古建筑的念头在梁思成心底生发。

梁林二人回国后，前往东北大学就职，创建了中国大学第一个建筑系，此时只有 27 岁的梁思成致力于中西方建筑学的融合，并尝试着提出自己的观点，这个英俊青年犀利的眼神背后是他对中国建筑学深切的期盼。

千年古刹待知音

1931 年，东北发生了“九一八”事变，日军对我国东北地区进行了大规模侵略，梁思成由东北回到北平并加入了中国营造学社，中国营造学社是一家以中国古代建筑为主要研究对象的学术团体，名称中的“营造”二字则是出自宋代土木建筑家李诫所著《营造法式》一书。

尽管时局动荡，到处都是战争与逃亡。梁思成却没有忘记自己身为一个中国建筑学家的身份与责任，他想到无论是秦朝“五步一楼，十步一阁；廊腰缦回，檐牙高啄；各抱地势，钩心斗角”的雄伟的阿房宫，还是唐代王勃笔下“落霞与孤鹜齐飞，秋水共长天一色”的洪都滕王阁，无论是“处处座之旁，率陈如意常”的紫禁城，还是被八国联军毁于一旦的园林珍宝圆明园，这些都是中华悠悠历史最威严的见证者。

但由于中国自古以来“道器分途”的传统，建筑家在传统士农工商的划分中只能归为匠人，因此这些建筑家不能载入名册，久而久之，那些或雄伟或精致的建筑者往往不能为人所知，曾经辉煌的建筑也应没有受到足够的重视和保护在时代的洪流中消逝，犹如打碎的瓷片散布在广袤的华夏大地，如同一个个隐秘的金矿等待着有心人的挖掘。

每一所古刹、宫殿、楼阁、亭台都在森林中、沙漠里、高山上似杜丽娘一般浅吟低唱着“原来姹紫嫣红开遍，似这般都赋予断井颓垣。良辰美景奈何天！”它们恨不得能化为人形学着辛弃疾吟一句“把栏杆拍遍，吴钩看了，无人会，登临意”，最后却也不得不收起愁绪“唤取红巾翠袖，揾英雄泪”，若真能为人尚能唤取红巾翠袖，而这些亭台、楼阁、古刹只能选择无言地站立着，在风雨的消磨中等待着它们的知音，而谁都无法说出等待的期限，兴许是几年，兴许就在风雨中死去了，连尸体都腐烂在泥土里。

中国人追求天人合一的境界，根据道家五行八卦，木生阳，所以中国的建筑师喜好用木，而木头容易腐烂和被侵蚀的特性注定了它的寿命的短暂，当巴黎圣母院正处在盛年，巍峨又高傲的屹立不倒时，中国的古建筑却已是一个风烛残年的老年人了。

秦汉易代之时，西楚霸王项羽入关火烧咸阳，一把大火焚尽了那“覆压三百余里，隔离天日”的咸阳宫，大火三月而不熄，这个被《史记》誉为“天下第一宫”的宫殿伴随着秦王朝一起随风逝去，曾经在杜牧笔下“一日之内，一宫之间，而气候不齐”浩浩荡荡的宫殿，只能落得个“楚人一炬，可怜焦土”的下场。

然而，在兵荒马乱的战争年代，人人自顾不暇，谁还能关心那些静静等待救援的古建筑？梁思成——这个年仅三十余岁的年轻人，却下定决心去寻找那些“养在深闺人未识”的古建筑。

梁思成无比确定的是，这些古木建筑星点般零零碎碎地散落在中国大地，而他的任务就是找到这些碎片，拼凑出中国的建筑史。

20 世纪 30 年代战火硝烟弥漫，民不聊生，以木头为原材料的古建筑物们不得不承受比和平年代更大的危机，它们如同被冤枉入狱的忠臣才子在最危急时刻等待着它们的恩人，它们无声地呼喊着，渴求生命的延续，它们不想重蹈咸阳宫的覆辙，不彻底消失在这片天空下。

梁思成就是这个时候出现挽救它们的天使，他和妻子林徽因踏遍中国15个省，虽然路途艰辛，但一想到数千前的古建筑物等待发掘拯救，贫穷、疾病反倒不算什么了。在二人彼此陪伴和鼓励下，他们测绘了唐、宋、金、元、明、清上千件古建筑遗物，其中比较著名的是天津蓟县辽代建筑独乐寺观音阁。

独乐寺，又称为大佛寺，是中国仅存的三大辽代寺院之一，也是中国现存著名的古代建筑之一。独乐寺虽为千年名刹，却无从考证。当时的蓟县还隶属于河北，是一个并不知名的县城，因为时局动荡，旅途不便，考察的事情一再耽搁，到了民国21年，考察独乐寺的计划终于可以实施，梁思成夫妇收拾好行囊，向着独乐寺出发。

当时交通并不方便，遇到泥泞的路段他不得不亲自推车前进。当梁思成看到如雉鸟飞翔的鸱尾翘内的独乐寺山门时，抚摸着它经历了千百年风雨洗礼后千疮百孔的身体，那一道道斑驳的痕迹，无言地向梁思成诉说着过往的风霜岁月，这座一直被忽视的古刹在梁思成激动的目光中再次拥有了新的生命，梁思成面对着这个年纪是他几十倍的古寺，感到前所未有的慰藉。

与君初相识，犹如故人归。时间停留在此时，一人一寺，刹那间的心灵的交汇，梁思成眼里泛着光，他抬头瞻仰这座造型特殊的古寺，观看因为年久而斑驳的壁画，古刹宁静而遗世独立的气质感染着他，可他又为没能早日发现保护这些建筑感到痛惜。

他眼里噙着泪，像一个犯了错的儿子，为自己未能在父母年老时悉心照料而感到羞愧难当，羞愧之下梁思成暗暗下定决心绝不能再使这样的事情发生，要让中国的古建筑物继续焕发光彩，要让后人都知道我们拥有过的如此灿烂雄伟的遗产。

他采访了当地缙绅又查阅大量资料，确定其为辽式建筑无疑，随后他参照《营造法式》写出了《蓟县独乐寺观音阁山门考》，文章一经发表轰动了国内外建筑学界，他这一举动并不仅仅是使深山的珍宝重现人间，重获生命，更是间接宣告了中国人有能力测绘自己的建筑。杜拉斯《情人》开头有这样一段描写：“我已经老了，有一天，在一处公共大厅里，一个男人向我走来。他主动介绍自己，他对我说：‘我认识你，永远记得你。那时候，你还很年轻，人人都说你美，现在，我是特为来告诉你，对我来说，现在你比年轻的时候更美，那时你是年轻女人，与你那时的面貌相比，我更爱你现在备受摧残的面容。'" 因为一个男子的慧眼拯救了即将消失的悬崖边缘的千年古刹，让千千万万的人有缘一见它"备受摧残的容颜"。

京都恩人梁思成

1944年，是世界反法西斯战争胜利的前一年，美国的“轰炸专家”李梅指挥美国军队对日本国土进行大规模的轰炸，此时梁思成已近不惑之年。

在过去的20年中他对中国建筑学做出了巨大贡献，而此时，一份特殊的任务也在等待他——绘制沦陷区文物建筑表。

接到这个任务时，梁思成不禁喜上眉梢，但眼中的光芒又迅速黯淡下来，虽然他为自己能保护中国的文物建筑而感到骄傲，可一想到在日本同样深处危急情况的建筑，作为一个建筑学家，他深感痛心。

这时候，幼年同父亲、姊妹们游玩的场景也不禁浮现在眼前，他好像又看到了可以眺望京都街道的清水寺，枫叶同红白色的建筑相映成趣，而金灿灿的鹿苑寺在日光的照耀下展现它的英姿，反射着耀眼的光芒，犹如得胜归来的将军，而湖上倒映出的影子却多了些柔媚。

深呼吸，他仿佛又闻到了奈良的茶粥的味道。

每当他想到一千多年前唐朝高僧鉴真所建的唐招提寺可能要被夷为平地，就好像有一千根针扎在梁思成心上。他眼含热泪，回味那些鳞次栉比的瓦片，精心绘制的壁画，巧夺天工的设计，如果这些都在战争中消失，那樱花如柔雨般缓缓飘落到古朴静谧的庙宇上，小鹿三三两两地在空地上寻觅食物的美丽画面，就只能成为一代人脑海中的记忆。

建筑早已在他眼中成为有生命的人，它们同样需要被尊重，被保护，他又怎能眼睁睁地看着它们无端被战火割肉削骨。

圆形的眼镜片下，梁思成的眼中流露出坚毅的目光。他迅速将手绘的标记着京都与奈良的地图交到盟军司令部，盟军的上校十分困惑不解，一个中国人为何偏偏要拼命保护日本的建筑物呢，此时的梁思成说了一段话："要是从我的个人感情出发，我是恨不得炸沉日本的。但是建筑绝对不是某一民族的，而是全人类文明的结晶。像奈良的唐招提寺，是全世界最早的木结构建筑之一,一旦炸毁，损失是无法补救的。"

随后梁思成又同助手日夜不停地绘制了一张文物地图，并不断叮嘱中方代表："京都、奈良不可毁，这两座城市不仅是凝聚着最精华的日本文化，对研究中国唐代文化也有巨大意义。"

此时的日本犹如暴风雨中一片浮萍，只能随命运的波浪来回漂动，由于日军的抵抗，美军加大了轰炸力度，日本四岛湮没在一片火海中，几乎所有的大中城市化为灰烬，整个日本充斥着血与火，而奈良与京都却奇迹般地避免了这惨烈的毁灭，两座城池中所有的古寺，古塔得以完好地保存。

因为一个中国建筑家的努力，智慧老者般的唐招提寺，金光闪闪的鹿苑寺，静谧肃穆的东大寺仍旧在京都在奈良展现着它们千年的魅力。

建筑世界的传奇

从元朝在北京建都开始到明朝燕王朱棣将都城由南京迁往北京，北京就承载了统治者诸多的希冀。时光易逝，六朝古都悠悠成往事，烟雨凄迷的秦淮河畔依稀还能听见往日的嬉笑声，繁华一时的故都败落了，今夕寂寞的石头城与昔日的辉煌再也不能比拟，与此同时，在遥远的中国北方的一座城池逐渐崛起。

明成祖朱棣迁都到北京以后，召来了最好的工匠，用短短十几年的时间建造了世界上规模最大的木制机构宫殿——紫禁城。

每一根柱子，每一片砖瓦都由工匠们用尽心血制成，红墙黄瓦彰显着明王朝盛世的辉煌，然而时光易逝，命运如风云变幻，曾经的建造者已经是“荒冢一堆草没了”。虽然北京历经了元明清多次朝代变更，但它并没有在改朝换代中走向衰亡，每个朝代都在紫禁城里留下那个时代特有的记忆，直到新中国成立前北京依旧延续着它的历史使命。

紫禁城承载着太过厚重的历史，关于北京有说不完的故事。然而，也许只有有心人才能听到这些故事，感受到属于北京的宁静与热闹。

谁才是北京的有心人呢，老舍是，他写了无数京味十足的故事，他以文字为工具描绘出他记忆中的老北京。梁思成也是，新中国成立初期，如何利用北京城还有争议，年过半百的梁思成看着北京的一草一木，看着精美的建筑，提出“旧城唯上”的思想。

那时候的中国正积极发展重工业，毛主席说：“天安门望过去，应该到处是烟囱。”梁思成的提议就这样被否决了，新中国成立初期，人们怀着对建设新中国的美好愿望，把遗留百年的牌楼、城墙视为洪水猛兽，一天时间，梁思成进城去探望，地安门没有了，广安门消失了，帝王庙前的两座精美无双的景德街牌楼，也早已被拆毁。

梁思成多次在会上提议不要拆毁北京，却一次次被否决，老人甚至当场掩面恸哭。何意百炼钢，化为绕指柔。对于他无法保护的建筑，他只能以哭泣的方式来哀悼来纪念，他不断地责备自己的无能，未能保护好他的故都，涟涟的泪水滑过他已经苍老的皮肤顺着脸上的沟渠大颗大颗地滴落在这片他热爱的黄土地上。

北京虽不是他的故乡，但是他爱北京，他爱北京犹如爱自己的父亲一样，明成祖朱棣，元朝忽必烈，康熙、雍正、乾隆那么多的帝王都曾经踏过北京的土地穿过北京的牌楼，路过北京青灰色的城墙，在最混乱的战争年代它珍爱的美丽女儿圆明园已经被强盗们焚毁。

忽启镂金箱里看，血腥犹染旧罗裙。曾经的疯狂场面还在眼前，转眼到了和平年代，残坏的身躯还亟待治疗，但是一切等来的是不断地拆，不断地建，“战争中你流尽鲜血，和平里却寸步难行。”

于个人情感来说，这座城市从 19 世纪末就承载了父亲梁启超的希冀，梁思成希望守护住父亲挚爱的北京城。而一切并不如人意，为了留住北京，他甚至同北京市市长彭真吵了起来，北京到底还是拆了，城楼、城墙、庙宇，轰然倒塌。

修平成为道路，或是建造现代化的厂房，这一切像海上的暴风雨来得迅速去得迅速，转眼好像又是风平浪静。梁思成不禁感叹人生若大梦，加之政治斗争不断，他觉得自己仿佛变成了一把泥土被丢到水里，即刻就要化为无形。

1955年，陪伴他36年的妻子林徽因去世，紧接着没完没了的批斗、检讨、疾病、贫穷、孤独都向他袭来。1972年，梁思成与世长辞，直到临终他仍旧惦记着北京，并留下遗言，有一天，北京的工业、人口、交通都会有很大的问题。

他在遗憾中结束了六十余年的生命，而他当初的预言已经成真，北京拥堵的交通成为当今社会的大问题，时隔几十年，规划者们又意识到古建筑物的重要性。虽然人们对古建筑越来越重视，但是失去的东西却一去不复返了。

在战争年代，梁思成保护京都、奈良免遭于战火攻击，如今的京都、奈良依旧保持着过去的面貌，供世界游人参观，但百年的老北京城却没有了，梁思成，这个一直努力守护着青砖灰瓦的天使也随着城墙的摧毁与世长辞，连同着他的血、他的泪，他的热爱一起被埋葬在他为之挣扎奋斗多年的土地。

走在现代化的北京，已经很难再寻觅到真正的古建筑，让人不禁唏嘘，不得不怀念梁思成——这个为了一座城奉献一生的伟大建筑家，天使与城墙一并失去，唯能期盼的是悲剧不再上演。

卷七

人生雷雨悲语悯心——曹禺

埋藏珍珠的悲情土壤

纠结的剧情，美满的结局，这是戏剧给我们留下的最深刻的印象。

徜徉在戏剧世界里的观众们幻想着自己也能成为一个编织戏剧的大师，在各种人物和情节中穿梭。但我们却不知道，那些所谓的戏剧创作者，他们往往都是一个孤独、苦闷的生命个体，过着比常人痛苦百倍的生活，而戏剧则是他们现实和幻想的结合体。

我们有时会被戏剧中的美好与浪漫带入另一个世界，它看起来与我们生活的现实完全不同，却隐隐地呈现着现实生活的阴影，这便是戏剧的宗旨——源于生活，高于生活。

曹禺，这位中国戏剧史上鼎鼎大名的剧作家，在一部又一部的具有浪漫特色的现实主义戏剧中书写着当时知识分子的思想激情。

从《雷雨》到《日出》再到《原野》，曹禺这位戏剧天才以出众的天赋谱写了一个个传奇式的故事。这三部作品，无论哪一部，都是中国戏剧史上的殿堂级作品。在这些杰出的作品背后，却隐匿着一个寂寞悲情主义者的呓语。

一部成功的作品，往往是被埋藏多年的珍珠。这其中必有常人无法忍受的孤独和苦闷陪伴着作者。而曹禺的内心，便是那埋藏珍珠的悲情土壤。

与其他遭受过穷苦磨砺的作家不同的是，曹禺出生在一个相对富裕的家庭里。

由于父亲万德尊是当时的政府要员，所以给曹禺带来了衣食无忧的生活。即便是这样，上天在他的心灵中种下了敏感与忧伤的种子。小小年纪，便将自己锁在了心里，没有阳光，更没有快乐，只有孤独的眼睛望着天空，等待黎明的来临。

每当看到曹禺闷闷不乐，一旁的父亲总是觉得有些奇怪。按说依照家里的条件，可以满足曹禺的任何要求。物质上的富裕没有给曹禺带来精神上的愉悦，他的忧郁气质在生活中一点点积聚，直到在“戏剧”中找到了情感输出口。

在后人看来，忧郁的气质、深邃的眼神，丰富的感情，是一个剧作家的基本条件。但对于一个稚气未脱的孩子而言，这些未免有些太过残酷。如果要将曹禺苦闷、孤独的原因探究清楚，还要从他的身世说起。

曹禺的父亲名叫万德尊，字宗石，是湖北潜江人。从小家境贫寒的他，心里一直有着光宗耀祖的梦想。当时摆在他面前的之后两条路，一条是参加科举考试，另一条则是经商。当时万德尊经过反复斟酌，觉得这两条路都不适合自己。在两者之外，他选择了另外一条道路。

由于当时朝廷正在搞洋务运动，万德尊觉得出国留学也许是一个不错的选择。所以经过重重筛选，1904 年，万德尊获得了清朝官费留学资格，正式去往日本东京开始留学生活。

1909年，万德尊留学归来。作为朝廷出资培养的人才，自然要为朝廷效力。因此回国之后，他没有回湖北老家，而是被派往天津，作为直隶卫队的标统，开始了为官生涯。做了官的万德尊本以为可以圆自己光宗耀祖的愿望，但是现实却让他事与愿违。当时的清政府已经江河日下，各种贪官污吏充斥朝野。整个清朝正在垂死挣扎。这与万德尊之前所想的情景大不相同。

从那时候开始，万德尊便进入了苦闷的状态，各方压力与烦闷长存于心。之后不久袁世凯窃得了大总统的位置，因为同为武将的缘故，所以袁世凯对万德尊十分器重，将他派到宣化镇守，之后得到黎元洪的青睐。但是因为时局混乱，最终，随着黎元洪政府大势已去，他被迫随之下野。

从那之后，万德尊陷入精神的苦闷中，他对自己的将来失去了信心，便带着家人长居到天津。尽管后来阎锡山有意请他重新出山，但万德尊已不是当年那个骁勇的武将了。退避天津的万德尊已经不想再去拼搏了。他除了终日和朋友作诗、画画、喝酒享乐之外，还与夫人一起抽起了大烟。沉溺在云雾的世界中，万德尊试图麻木自己，缓解疼痛。

从小康世家到渐渐没落，这个大家庭中的成员都开始一种颓废的轮回，年幼的曹禺亦深受其影响，开始转入忧郁孤独的境地。曹禺后来回忆时说，尽管他很喜欢自己的父亲，但是他不喜欢自己的家，因为当时的那个家只能给他带来沉重，感觉不到一丝生气。

如此颓废的家庭虽然会让人感到失望与压抑，但是对于曹禺而言，这并不是最大的伤害。而曹禺心中永远的痛，便是从小失去了亲生母亲。

在曹禺之前，万德尊已经有了一儿一女，但是寄望于家族人丁兴旺的他，仍然想再生儿子。于是在 1910 年 9 月 24 日，万家又喜得贵子，这便是曹禺。自降生之后，万德尊对这个儿子万分疼惜，视他为万家的掌中宝，因此为他取名叫作家宝，小名添甲。

家宝的出生寄予着父亲的祝福和期望，整个万家都沉浸在欢乐之中。而这时，家宝的母亲薛夫人却身患重病，高烧一直不退，三天后不治身亡。

出生只有三天的家宝，便从此失去了母亲。妻子的离世，让万德尊极度悲痛。他心中那长久存在的爱被瞬间抽离，让他怎能释怀。无数的思念、牵挂，只能向绵绵夜色诉说，乞求天上的妻子能够听到。原本幸福的家庭，瞬间跌入了深渊。

妻子的突然离世，留下了嗷嗷待哺的家宝无从喂养，情急之下，万德尊找来自己随从刘门军的妻子做家宝的奶妈，替妻子哺养家宝。

那段时间，万德尊的焦急与悲痛交织在一起，儿子新生的喜悦也被渐渐冲淡了。作为丈夫，万德尊面对妻子的离去，悲痛欲绝，甚至都不忍想起。对于家宝，万德尊心中有一种复杂的感觉。想到家宝以后的成长，万德尊非常为难。他不希望将来的后妈慢待了家宝，所以思来想去，决定将薛夫人在乡下的妹妹薛咏南接到府上，专门照顾家宝。

万德尊认为作为妻子的亲妹妹，薛咏南定会将家宝当作亲生儿子相待，事实证明，万德尊的推断是正确的，薛咏南不仅对家宝疼爱有加，并且，万德尊与薛咏南也产生了感情，不久之后，二人便成了夫妻。

从姨妈变成了继母，虽然身份上发生了变化，但是薛咏南对家宝的疼爱却始终不曾改变，她知道姐姐去世后，这个没了母亲的孩子是多么的需要被疼爱。加之自己如今已经变成了家宝的继母，所以更要倍加关心家宝了。

也是从那开始，家宝的生活起居，全部都是由薛咏南负责。薛咏南在家宝很小的时候便来到了万家，周围所有人都暗暗地遮掩着事实，对尚且年幼的家宝来说，他满以为薛咏南便是自己的生母。

虽然薛咏南是以姨妈和继母的身份在照顾家宝。但是在家宝的生活中，还有一个重要的人物。那便是家宝的奶妈，也就是父亲万德尊随从刘门军的妻子刘氏。自从成为家宝奶妈之后，她觉得自己的身份高人一等，而家宝的继母薛咏南，在奶妈的眼中不过是一个后来者罢了。如果论其功劳，她一直自视甚高，不把薛咏南放在眼中。

两人之间的矛盾渐渐积聚，终于在一次争吵中爆发了。

有一回，刘氏向薛咏南索要东西，薛咏南没有答应。刘氏丝毫没留情面，便与薛咏南吵了起来。当时家宝已经懂事了，一边是自己的母亲，一边是对自己同样重要的奶奶，他不知如何是好，只能闪烁着惊恐的眼神在旁边看着。

那天，薛、刘二人争吵得特别激烈，薛咏南把长久以来隐忍的怒火全部释放了出来。气得刘氏无从还口。这时，她看到了一旁站着的家宝，一气之下捅破了那个埋藏已久的秘密："你知道你的亲妈是谁吗？薛咏南不是你的亲妈，你的亲妈在你出生三天后就死了。"

这一消息对于年仅五岁的家宝而言，宛如晴天霹雳，当头一棒。虽然年纪很小，但是家宝生性聪明，而且敏感。原来一直以来陪伴在自己身边的、被自己称作"母亲"的人竟然不是自己的生母。

原来自己的身世背后还掩藏着这么大的秘密，当他知道自己的生母去世的时候，内心所遭受的伤害可想而知。从此以后，家宝的心便封闭起来了。他无法接受自己生母离世的事实。瞬间觉得自己成为一个孤儿了，没有了真正的母爱，周遭的一切都是冰冷的。

此后，家宝变得冷漠而敏感。他不愿意和别人交流，只喜欢在自己的世界中遨游，在书籍的世界中与静默的人对话，大量的戏剧知识开始进入他的世界。

也许就从那一刻开始，一颗艺术的种子进入到他的内心，渐渐开始萌芽。

孤独中成长

民国成立之后，之前做过清朝武官的万德尊，迎来了事业上的第二春。在众多清朝官员均被降职或弃用的时候，万德尊反而获得了升职的机会。

在当时经济持续衰退的情况下，万德尊仍然每月有 200 两银子的高收入，另外还有 20 两银子的车马费。按照当时的生活水平来说，20 两银子足以支撑生活了。所以万德尊将大部分收入都存了起来，留给子女。

此时的家宝已经越发精神俊秀，望子成龙的万德尊对聪明的儿子自然是寄予了厚望。不仅对他的要求有求必应，而且对他的教育更是非常重视。如果在其他家庭，会给孩子请来私塾老师教授知识。但是万德尊已经对传统的私塾教育失去了信心，他特意从家乡请来自己的外甥刘其珂教儿子功课，以求家宝能够接受最好的教育。

内向的家宝虽然不喜欢那些死记硬背的教育方式，但是却喜欢上了读书。在书中，他可以遨游在故事所描绘的美好世界中。家宝忘记了伤痛、忘记了烦恼，甚至连外面催他吃饭的喊声也忽略了。随着情节的变化，笑容、泪水都浮现在了家宝的脸上，此时的他，才是一个活生生的人。

读书，让家宝找到了自己的精神世界。作为那里的主人，他可以自由编织幻想各种的情节和人物，展开自己的故事。有了书的陪伴，家宝的世界仿佛明亮了许多。他在不同书籍、不同人物身上找到了共鸣和启发，书籍为他打开了一扇光明的大门，那是一个丰饶而快乐的时空，稍稍慰藉了他的苦闷的精神。

薛咏南一直是一名忠实的戏迷。可以说，只要是戏，无论戏种，薛咏南都喜欢，因此她便成了各大戏院的常客了。年幼的家宝，亦经常被继母带去戏院看戏。久而久之，这种戏曲的熏染自然而然地渗透到他的生命中。

一开始，家宝只是对戏曲中的曲调、扮相感兴趣，等长大后，便对其中的唱腔、情节越发着迷。时间久了，家宝还有时模仿名家唱段，那架势、那唱腔不次于专业学徒，看上去真是有模有样。

可以说，当年的看戏经历给他日后的创作带来了扎实的基础。从小的磨难，让他拥有了内向的性格、孤独的内心，或许正是由于这种孤独和内向，让他能博览群书，并且爱上了戏剧，这仿佛是上帝故意为戏剧而创造了曹禺。正因为有了这些巧合，让戏剧的魅力，附着在了曹禺的灵魂中。

戏剧最大的魅力便是跌宕起伏的情节，主人公通常都会经历很大的命运转折，才会让观众的心为之感染。为戏剧而生的曹禺，似乎也逃脱不了命运的变化。也许这便是他艺术之路的转折。

年少的曹禺虽然性格内向、孤独。但因为家庭的优越，使他没有受过穷困之苦，便顺利地完成了学业。在上学期间，他读了许多戏剧家的作品与著作，也在戏剧方面已经初露锋芒。在不知不觉间，曹禺对戏剧已经渐生热爱之心。

那年寒假的时候，曹禺回到家中。看到床上抽着大烟的父亲和继母，心中的失望油然而生。虽有无奈，但是也无话可说。因为父亲即便有些不务正业，颓废不堪，但是这些年来，家里生活的很富足，没有让他受什么苦，所以曹禺便将怨言忍了下去。

到了大年三十，父母为家宝做了好多新衣服，还给了他一些零花钱。家宝虽然不善言辞，但心里明白，父母对他是很宠爱的。正当一家人吃年夜饭时，父亲万德尊突发头痛病，不治而亡。这让全家上下无比惊讶。之前，万德尊有过脑中风的病史，后来治愈之后，便没有在意。用万德尊本人的话来说："抽一口大烟，什么都没有了。"然而他最后发病的时候，大烟却没能救他的命。

万德尊的猝死，让整个万家走到了末路的边缘。曹禺的大哥家修软弱无能，毫无缚鸡之力。而一向坚强能干的继母，也因丈夫的离世而濒临崩溃。这时，恐怕只有曹禺能站出来，主持家里的事情了。

一向对家中事务不管不问的曹禺，被迫迎难而上。原先门庭若市的万府，如今空空荡荡，除了家人和几个用人之外，之前那些常客都消失不见。这让曹禺第一次感到了人情冷暖的变迁。

经过这次的事情之后，曹禺想了好多。如果之前在戏剧当中所看到的人情世故让他觉得世间变化无常的话，那如今的情景则更让他真真切切地感受了人世的无常。父亲的死，给了曹禺沉重的打击。父亲虽然有些玩物丧志，但毕竟能撑起整个家。如今这棵大树消失了，曹禺不仅无所依靠。而且要迅速成长起来，撑起家来。

虽然在父亲去世后，曹禺承担起了家中的一些事情。但是一直内向的他，心中还是无法得到释怀，还不到 20 岁的曹禺，其实很需要一个精神依靠。

在那段空虚无助的时期，曹禺读过《圣经》，去过教堂，也读过《金刚经》。无论是基督教新教还是天主教，他都将其中的故事和箴言细细研读，希望能找到一些精神寄托。除了宗教之外，曹禺还拜读了一些名人的故事和传记，例如美国总统林肯和李大钊先生。曹禺拜读他们故事的目的，是为了给自己找一条精神的出路，可想而知，当时曹禺的思想是多么的混乱。

在原先的环境中，曹禺会不自觉地想起以往的伤心事，始终觉得不能安心读书，所以他决定离开南开大学，去清华大学读书。之所以选择来清华读书，是因为曹禺一直对清华大学西洋文学系教授王文献先生非常敬仰，他对戏剧的理解和教学方法都让曹禺非常神往，来清华就读，便成了曹禺的梦想。

由于曹禺之前在南开大学戏剧社已经展示出了自己的戏剧才华。所以他来到清华读书之后，便引起了同学们的关注。都要看看他到底有什么本事。

1930 年，曹禺在清华排了第一部戏剧——《娜拉》。在这部剧中，他不仅要扮演主角娜拉，还第一次亲自当了导演。原先只是在幻想里才有的快乐，如今竟然变成了现实。曹禺第一次感受到了实现梦想的甜美，这一刻，他已期盼了多年。

话剧一经演出，便引起了全校的轰动。而且曹禺也成了中国话剧历史上首位男扮女装的演员。

从那以后，曹禺便成了清华戏剧的风云人物。当时，他与钱锺书、颜毓蕾统称为清华三杰。足见其戏剧之才华。此后，曹禺在清华接连排了《马拜计》与《骨皮》，同样引起了全校的轰动。

虽然在清华成了名，但是曹禺并没有为此而骄傲。他依然是那个孤独寂寞的曹禺。经过这几年对戏剧的学习与实践，他心中愈发蠢蠢欲动。从他开始读书、接触戏曲，到爱上戏剧，在曹禺的脑海中一直浮现着很多画面。那时虽然只是一些琐碎的幻想，但那些灵感的片段已经成为日后戏剧创作的重要来源。

曾见雷鸣四海

戏剧，往往总是在一个个不眠之夜中诞生的。自从开始学习戏剧以来，他读了很多的经典作品，也演过很多角色。每一次读起那些戏剧经典、每一次扮演其中的人物，曹禺都深深感觉到，这些人物似乎扎根在自己的生活周围，细细地对自己呢喃耳语。从那时开始，曹禺便有了创作戏剧的想法。

而当他在清华有了排演话剧的经验后，曹禺再也无法按捺手中那支笔了。在那个炎热的夏天，在清华图书馆二楼的阅读室里，曹禺创作出了人生中最重要的作品——《雷雨》。

曹禺想起自己一路走来的孤独，想起从小失去母亲的痛苦，还有父亲去世之后，家里的狼狈和凄凉。这每一幕，都让曹禺心如刀割、痛不欲生。曹禺虽然性格内向，但是并没有影响他去感触社会、感受人间百态。

在经历了这些人生百态之后，曹禺有些迫不及待地想把心中的话说给大家听，想让观众走进他的内心，感受他这些年以来的所思所想。

曹禺创作《雷雨》不是为了名利，而是为了将自己多年来的烦闷和压抑进行诉说。他多年来的沉默，不代表永远将话语埋藏在心中，而是要用属于他的方式向人们诉说。所以，他选择了创作，选择了戏剧。

《雷雨》的故事是围绕着两个家庭血缘纠葛展开的，剧情中的人物出来拥有复杂的人物关系之外，更重要的是，他们还有着不能改变的血缘关系。这种以血缘关系和命运巧合作为情节主线的戏剧，在此之前是非常少见的。曹禺的大胆创作，也给后来的戏剧发展增添了一抹亮色。虽然曹禺在《雷雨》中描写的是以家庭为主的故事，但是他其中所反映出的恰恰是社会中你争我斗、无比残酷的现象。这些都是曹禺多年以来所累积的感受。

在《雷雨》中，曹禺将当时社会中较为敏感的阶级问题融入了家庭伦理中，例如主人公周朴园与鲁大海本是亲生父子，但是周朴园只因为阶级问题，宁可不与儿子相认。为了阶级而放弃自己的亲生骨肉，这反映出在当时的人们眼中，阶级观念是多么的根深蒂固。

除了揭露人们的阶级观念之外，曹禺还将命运体验融入了话剧之中。《雷雨》中的鲁侍萍在 30 年前遭到了周朴园的凌辱，没想到，在 30 年后，命运的不幸又降临到了她的女儿身上，鲁侍萍的女儿四凤也被周朴园的儿子周萍糟蹋。虽是两代人，但是命运却如此的相似。

这种命运中的巧合，更会让人感觉到残酷与不幸。曹禺之所以设计出这样惨痛的情节，是为了让人们认识到社会中人性的冷漠与残酷。这样的情节设计，这样深刻的思想深度，是之前的剧作家所不能及的。

《雷雨》精妙的结构和复杂的人物关系，使这部作品呈现出了深厚的时代底蕴。当曹禺将《雷雨》完成之后，并没有着急发表，而是交给了自己多年的好友靳以，他当时在《文学季刊》担任编辑，与曹禺是无话不谈的朋友。曹禺呕心沥血创作的作品，自然要与好友分享。

靳以所在的《文学季刊》，是他与巴金、郑振铎共同筹办的文学杂志。当时，他们在前门北街租了三间房子，一间作为接待室，靳以与巴金分住在另外两间。曹禺的《雷雨》传阅到靳以手中后，他隐隐感到这将是一部旷世佳作，于是忍不住将这部剧作推荐给在文学创作方面独具慧眼的巴金。

当巴金看到这一部戏剧著作的时候，便被它的故事情节所深深吸引。当时巴金所住房间的窗户都是纸糊的，窗外狂舞的大风丝毫没有影响《雷雨》的世界，巴金久久地沉醉在那个风雨交加的夏夜，感到一股穿透脊背的力量油然而生。

后来巴金在回忆当初情景时说道："我被眼前那一幕大悲剧深深震动了，仿佛当初在看托尔斯泰的《复活》那般震撼，我不禁为那种震撼而落泪，流泪之后，我感到万分舒畅。这让我有一种想帮助他的冲动。"

巴金帮助曹禺，除了因为《雷雨》是一部好作品之外，还在于他由衷地佩服曹禺的才华。此后不久，巴金便将《雷雨》全篇刊登在了《文学季刊》上。正是这样的机遇，让曹禺名声大振。经过这次在作品中的相识之后，巴金与曹禺也建立了深厚的友谊，成了一生的知己。

《雷雨》的发表，轰动了中国戏剧界。以往的戏剧作品多为传统剧目或西方剧目，而鲜见真正反映当时社会的作品。曹禺的这出《雷雨》，是真正描写当时社会现状的作品。这一个悲情的作品恰好是当时社会现状的缩影。而且剧中的情景，在很多人身上都有出现。它所反映出的阶级问题，正是当时最突出，最敏感的话题。所以《雷雨》的出现，让无数人找到了共鸣。

此后，《雷雨》便被大量地搬上舞台。从这部话剧中，人们看到了新的美学高度，它将中国的话剧提高了很大的层次。这部话剧的出现，不仅在观众之中，而且在当时的曲艺界也引起了极大的轰动。

那时，上海剧社、中国旅行剧团戏剧社等纷纷将《雷雨》搬上了舞台，所到之处，无不引起轰动。甚至于巴金在日本时也看到当地留学生在演出《雷雨》，他们都将这部话剧看作中国的骄傲。

一部《雷雨》，让曹禺名声大震，也让他成了当时炙手可热的剧作家。《雷雨》的走红，是曹禺多年来的苦难与积累的回报，他将自己这二十多年的压力与苦恼完全在作品中释放出来。这不仅是他一个人的心声，而是当时大多数底层老百姓的心声，恰恰是这一部悲情的《雷雨》，让人们找到了共鸣。

《雷雨》的成功，让曹禺看到曙光在向自己靠近，这种来自于观众们的首肯让他感到自己的价值与自信，他全然没想到这部处女作竟然能和观众有如此强烈的反响。由此，曹禺心中那团创作的火苗更加旺盛了。他脑海中所要表达的东西似乎因一部《雷雨》而点燃，熊熊烈火照耀了他今后的戏剧创作之路。带着满满的自信重新出发，不断地学习、不断地感受，曹禺为下一部作品开始了新的准备。

在清华大学毕业之后，曹禺曾去河北保定任教。因放不下心中热爱的话剧，又回到清华研究院继续研读戏剧。但怎奈因为之前的学业耗费了大半积攒的钱，这次重新学习的时候，财力方面已是捉襟见肘。迫于生活的压力，曹禺回到了老家天津，在女子师范学校任教。

戏剧音容反帝封

工作暂时有了着落，生活趋于稳定，相对安稳的条件为曹禺的再创作重新铺就了道路。曹禺心中那创作的火苗又开始燃烧。那部著名的话剧《日出》便是在这段时间里创作诞生的。

苦难的日子里，曹禺时常想起当初遭受帝国主义压迫时的悲惨经历。那时由于帝国主义的压迫，老百姓的穷日子没有了尽头，家家户户民不聊生，底层老百姓都挣扎在死亡边缘上。许多年轻女子迫于生活压力，不得不去做歌女甚至妓女。而那些官商人士，除了贪图享乐之外，还继续压榨穷人，使社会一片大乱。而《日出》便是取材于这一阶段的故事。

《日出》的主人公陈白露，是穷苦家庭出生的孩子。上学时期，因为家里穷，生活非常艰难。看透了社会，受尽了饥苦的她，被浮华的环境所触动，便成了银行家潘月亭包养的情人。陪伴她一起成长的方达生知道之后，便来救她，想带她回去结婚，过普通人的生活。

但是过怕了穷日子的陈白露，拒绝了方达生的要求。但好景不长，不久之后，潘月亭的银行被金八击垮了，让陈白露彻底失望，随之自杀。方达生为了替陈白露报仇，为了与黑暗势力抗争，断然迎着日出出发。

相较于《雷雨》而言，《日出》的情节构思更加成熟。利用陈白露的故事，表达了当时穷苦人民的惨痛生活、揭示了当时富商的奢靡生活以及对穷人的过分欺压。生动地诠释了当时不同阶层的真实状态。

《日出》所表达的历史意义非常深远，曹禺在之前创作的基础上，舍弃了过于夸张的表现手法，采用横断面和片断的描写方法，将社会的真实状态展现了出来。将穷苦人那种煎熬与绝望、将富人那种丑恶与无情表达得淋漓尽致。

与《雷雨》一样,《日出》一经推出，便受到了广大戏剧爱好者的追捧。1937 年，复旦大学联合在校生与已经毕业的学生共同排练、演出了《日出》，并获得了极高的赞誉，此后，全国多个地方的剧团也相继排演了这出话剧。在《雷雨》之后,《日出》以其独特的艺术魅力又一次震惊了中国戏剧界。

曹禺凭借着《雷雨》和《日出》两部作品，成了中国话剧界响当当的人物，许多戏剧院校纷纷向他抛出了橄榄枝。1936 年 8 月，曹禺接受了国立戏剧专科学校的邀请，为这里的学生教授《剧作》和《西洋戏剧》课程。这是曹禺第一次教授与戏剧有关的课程，这也是他最期望教授的课程。此时，他终于可以将自己的爱好和职业合并在一起，也终于可以专心地从事戏剧研究。

在南京时，曹禺居住的地方在监狱旁边。行来过往中，曹禺经常能看到犯人的牢狱生活。这不由得让他想起当年奶妈给他讲过的那些故事。奶妈刘氏是农民出身，由于家里很穷，又被资本家压迫，铤而走险逃到城里。所以当曹禺看到这些犯人的生活时，感慨颇多。于是便开始构思了之后的一部作品——《原野》。

《原野》的时代背景是正值军阀混战的民国初年时期，政府已经处于瘫痪状态，军阀士兵视生命如蓬草，放肆地烧杀抢掠，令无数老百姓痛不欲生。在这种社会背景下，曹禺展开了一段充满神秘色彩的故事，焦阎王是某部队的连长，习惯了残害百姓的他，回到家乡之后，准备对自己的仇人下手。他联合当地的流氓匪徒，先是将仇虎的父亲活埋，然后将其妹妹逼去卖淫，最后向官府诬陷仇虎为土匪，将无辜的仇虎关进了打牢。八年之后，仇虎越狱回家，开始了一场惊心动魄的复仇之旅。

“复仇”的主题开始在血与火的历练中展开，然而此时不幸的是，复仇的对象焦阎王已然亡故，复仇之事被无奈悬置。当仇虎想找回当年许配给自己的金子姑娘结婚时，发现她早已被焦阎王逼迫做了他的儿媳妇。但是焦阎王的儿子大星作为仇虎的好朋友，对父亲的所作所为一概不知。

为了复仇，仇虎陷入了另一种不可逆转的轮回，他将对焦阎王的仇恨转移到焦大星身上，残忍地杀害了自己曾经的好友焦大星。仇虎从此陷入了矛盾之中，他始终在友情和仇恨中艰难徘徊，他无法忘记焦阎王残害家人的仇恨，也无法磨灭自己杀掉好朋友的愧疚，最终在极其矛盾的痛苦下，他选择了自杀。

《原野》的主题要比前两部更加残酷与深刻。看似是焦阎王与仇虎两家之间的恩怨，其实则是军阀与老百姓两个群体之间的敌对关系。在那个特殊的年代，军队的责任只是打仗，而不是保护百姓。而军队的存在和靠近，只会让老百姓胆战心惊。曹禺的《原野》，恰恰就是表现出了两者之间的敌对关系。

1937 年，曹禺的《原野》在《文丛》杂志上发表后，立即受到了人们的关注。上海业余剧团率先排演了《原野》。1939 年，昆明戏剧工作爱好者特意邀请曹禺担任《日出》的导演，邀请闻一多先生参与设计，这也是众多《原野》版本中最为经典的一版。

抗日战争爆发后，国家的危难让曹禺的的爱国之心跳动不停。他所在的南京国立戏剧社要迁往重庆。在此途中，他们一边赶路，一边宣扬着爱国情怀。作为艺术骨干的曹禺，自然是其中的主角。他组织演员排演了戏剧《疯了的母亲》和《觉悟》等，在湖南、湖北、四川等地进行表演。

到达重庆后，曹禺又和宋之的等人为抗日战争创作了《全民总动员》，通过演出发挥戏剧的宣传鼓动作用，激励国民坚决抗日。那段时间，除了要编写剧本，曹禺还要参加演出。从理论到实践，忙碌的曹禺将精力倾囊奉献给自己热爱的戏剧事业。

即便是一路忙于排练和演出，曹禺也没有忘记自己的创作。1939年，曹禺跟随剧社迁到了江安。在这期间，曹禺创作完成了又一部作品——《蜕变》。

这个时期，虽然曹禺跟着国立戏剧社东奔西走，但是他的创作却从来没有停止。他认为，不同的经历，能给他带来不同的创作灵感。自从参加了抗日战争后，曹禺感受到了人生的另外一个境界，当国家面临危难时，从内心所产生的力量，那种万众一心的感觉，深深地感触了他，所以在短短一年之内，他相继创作了《正在想》和《北京人》。尽管这是在短时间里创作出来的作品，但是每一部，都是话剧舞台上的精品。

曹禺的戏剧作品，从来不以时间长短来论断，每一部都是他的呕心力作。曹禺所经历的每一件事，都被他铭记在心里，也许是自幼年以来的内向和苦闷，造就了他的记忆与想象，这对他日后的创作带来了奇妙的化学反应。

1942 年，曹禺离开了国立戏剧社，返回了重庆。他的想法很单纯，就想静下心来搞创作。之后的三个月里，曹禺在重庆的一艘船上完成了巴金作品《家》的改编。在巴金原著的基础上，曹禺加入了自己身上浓浓的诗人气质，使《家》这部作品更加具有魅力。

凭借几部优秀的作品，曹禺成了国内顶尖的剧作家之一。抗战胜利之后，曹禺来到了上海。不久，美国国务院发来邀请函，邀请他赴美讲学。同年 3 月，曹禺和老舍踏上了去往美国的讲学旅程。

除了讲学之外，最令曹禺开心的，是遇到了他仰慕已久的美国戏剧家布莱希特。通过与他交流，曹禺对世界戏剧有了更深的认识，与大师的简短切磋，让曹禺觉得不虚此行。

1947 年，回国之后的曹禺，在上海实验戏剧学校任教期间，创作完成了电影剧本《艳阳天》，并在 1948 年，由曹禺亲自指导，将它排成了电影。之后，受中共地下党安排，先是到了香港，后直接北上，来到了北平。

此时的曹禺，已经成了一名光荣的共产党员。作为优秀的共产党员代表和优秀的艺术工作者，曹禺被党中央委以重任。先是筹备全国文学艺术工作者代表大会，后又参与全国政协会议的筹备工作。经过长久以来的工作表现，曹禺先后成了全国文代会的主席团成员、中央戏剧学院院长和北京人民艺术剧院院长。这也是对他几十年来的艺术成就的肯定与回报。

虽然已身兼数职，但曹禺依然没有停止创作。《明朗的天》和《胆剑篇》的发表，依然让人们看到一个才思泉涌的曹禺。尽管在“文革”期间，受到迫害的曹禺不得不停笔。但是历史风浪过后，曹禺第一时间拿起笔，创作了经典历史剧《王昭君》，可以说，到了人生的最后岁月，曹禺依然在创作。1996 年 12 月 13 日，曹禺病逝于北京，享年 86 岁。

曹禺的辞世，带走了一代剧作家的洒脱。却留下了数部经典的话剧作品，《雷雨》、《日出》、《原野》、《北京人》、《家》等。这些作品时至今日还被人视为精品，相信在此后的数十年，甚至更长时间里，人们依旧会将它们铭记心中。

这就是曹禺的魅力，这就是曹禺的伟大之处。即便身影离去了数年，每一部话剧，每一句台词，都将在世上传承下去，相信在数十年之后，人们的话剧记忆中，曹禺仍将是不朽的丰碑。

卷八

围城内外的情与思——钱锺书

生而为文的大家风范

与其说他是一位学贯中西的文学家，倒不如说他是一代真人真传奇。

有一位外国记者说：“来到中国，有两个愿望：一是看看万里长城，二是见见钱锺书。”钱锺书无疑已经成了中国文化的奇迹和象征。

黄谨曾有言：“当代学人，最不可思议者，当数钱锺书。他不仅有惊人的渊博和睿智，更有无与伦比的文化包容力；他能够像魔术师一般，把种种本不亲和甚至相互排斥的东西，不落痕迹、天衣无缝地融合在一起。”此言极是。从被清华大学破例录取，到巨著《管锥编》的问世，钱锺书的才情与渊博让无数文人学者为之折服。

20 世纪 80 年代，美国哈佛大学英美文学与比较文学教授哈里·莱文应邀来华访学，曾这样评价钱锺书：“他知道所有我知道的事情，但是我却对他的世界一无所知。”但取得如此的文化成就，并不代表着钱锺书是只潜心研究学术的学者。

事实上，他是生活的大师，他懂得如何在困境中生存，即便是在“文革”时期与妻子杨绛一同被打成“牛鬼蛇神”，接受“改造”被剃了“阴阳头”，他也还是不无风趣地讲：“小时候老羡慕弟弟剃光头……果不其然，羡慕的事情早晚会实现。”且先不论这言语中的哲学意味，单是这样的个性乐观便让人叹服。

不仅如此，他的爱情亦让人艳羡，一生中遇见一个对的人，只这一个人相伴一生，放眼天下，世间少有。大抵心中清明如镜的人，总有自己的一番审视且懂得珍惜，所以感情路上坚定长情。

作为吴越文化的发祥地，江苏素来是出名人士大夫的地方，除了诗人代表刘禹锡、白居易等大诗人，以及书画家顾恺之、郑板桥，还有小说家曹雪芹、吴承恩——中国四大名著作者，就占了两位。

地域文化经过历史的沉淀，是会影响着当地人的生活的，正所谓“一方水土养一方人”。钱锺书生于这样的环境，又是无锡第一书香门第，诗书文化的熏陶，不用刻意，自然就浸淫其中。这样的天时、地利与人和，造就了20世纪中国古典文化最伟大的结晶。

台湾的一位学者讲过：“以后像钱先生这么聪明的人肯定还会有，但是像他一样学习条件的人却难有了。”讲的就是钱锺书的家学。钱锺书对学问的追求，部分源于其自身的天资聪颖，加上生活环境使然，更加重要的，却是在其成长过程中父亲钱基博和伯父钱基成的栽培。一个人的成长里面，最重要的就是在童年这段时间，人在年少之时，价值观、人生观还未完全成形，一切都是可塑的，所以奇迹的发生或者奇迹的孕育也在这个阶段。

据钱锺书在《槐聚诗序》序文里回忆说：“余童时从先伯父与先君读书，经、史，‘古文’而外，有《唐诗三百首》，心焉好之。”钱锺书一出世就过继给伯父，伯父对其采取放羊式教育，下午授课，上午带他上茶馆、听说书，品民间小吃。也正是因为如此，钱锺书小孩的天性得以保留，对生活的观察和兴趣也得以培养。

但人终究是动物，脱离了严格教育，总有些野的，这样的教育方式得其利，也有其弊，钱锺书染上一些不好的习惯，1920 年，伯父去世后，其父钱基博开始管教儿子，终于使钱锺书改变了坏习气。

其父钱基博何许人也？钱基博先生是民国时期著名的古文学家、文史专家和教育家。一生中著述颇丰，是真正的国学大师。饶是这样的人物，也难逃脱一位普通的父亲在管教儿子时的头疼。

钱锺书才思敏捷，只要静下来读书，几乎是过目成诵，一旦与伙伴们玩耍时，就信口开河，臧否古今人物，钱基博就为他改字“默存”，取意于《易经·系辞》中的“默而成知，不言而信，存乎德行”。在之后的日常读书教育中，钱基博自是严格进行。

1926 年秋到次年夏天，钱基博应清华之聘北上应教，当年寒假没回无锡，那时候钱锺书正读中学，少了拘管，钱锺书狂读小说，直到假期结束，才恍然记起连课本书角都没翻过。1927 年暑假，钱基博赶回来考问功课，自然不能过关，被痛打了一顿。

这次痛打竟然起了作用，激起钱锺书发奋读书的志气，广泛涉猎

《古文辞类纂》、《骈体文钞》、《十八家诗钞》等，打下了坚实的古文基础。是以钱锺书的文学启蒙教育，相较一般在学校学习的学生来讲，来得更加优越难得。直至后来，钱锺书的文风直逼父亲，钱基博很是欣慰与自豪。

1930年，国学大师钱穆的《国学概论》出版前，要钱基博给他写篇序文，钱基博就将这件事交给儿子钱锺书来写。钱锺书写完后，钱基博通读一遍，没修改一字，就写上自己的大名交稿了。

天才的成就，后天与环境的磨炼必不可少，但也冥冥之中自有天意。钱锺书在一周岁“抓周”的时候，抓到的是书本，因而得了“锺书”的名字。这难免让人联想到《红楼梦》中的贾宝玉——抓周的时候抓到了脂粉钗环，于是其一生中为之所累、所困、所乐的，大都在儿女情长之间。

世人知晓钱锺书大都是因为其著名的长篇小说《围城》，那句“婚姻就是围城，城外的想进去，城内的人想出来”。道出了无数人的真实感受。

原本这句话是脱胎于法国的一个俗语，讲的是人们羡慕鸟儿能住在金鸟笼中，而鸟儿却羡慕在外的人们。但不论其从何处衍出，仅从这一点就可以看出钱锺书的博学多识。

钱锺书高考时数学虽然只考了 15 分，但还是被清华大学破格录取，原因就在于其过人的语文才学。这里所讲的语文，不仅指中国的语文，包括英、法、德语他都畅晓，亦懂拉丁文、意大利文、希腊文、西班牙文等。

语言和文字是通往人类精神的阶梯，更是人类精神文明结晶得以体现和保留的形式，能够通晓多种语言文字的人，内心必然是智慧与通透的。

善辩中折射大智慧

智者善辩，从孔孟到鲁迅，无一不是生活的幽默大师。

才华横溢的人，往往爱好广泛并精于生活，生命力强盛，生活的喷射点多，语言之于他们，是单纯的传达思想的工具，又不是单纯传达思想的工具，其意义不言而喻。

李渔在《闲情偶寄》中讲到养生之“谈”时，有这么一句话：“有道之士，多有不善谈者。有道而善谈者，人生希觏，是当时就日招，以备开聋启聩之用者也。”

钱锺书的语言智慧，让妙语连珠这样的词语用在他身上都觉得遗憾。家喻户晓的长篇小说《围城》中就有这么一段话颇为精彩：

学国文的人出洋“深造”，听来有些滑稽。事实上，唯有学中国文学的人非到外国留学不可。因为一切其他科目像数学、物理、哲学、心理、经济、法律等都是从外国灌输进来的，早已洋气扑鼻；只有国文是国货土产，还需要外国招牌，方可维持地位，正好像中国官吏、商人在该国剥削来的钱要换外汇，才能保持国币的原来价值。

这类幽默的语言，在《围城》中比比皆是，不胜枚举。短篇小说《猫》中写道：“李太太深知缺少这个丈夫不得；仿佛阿拉伯数码的零号，本身毫无价值，但是没有它，十百千万都不能成立。”甚至在《谈艺录》、《管锥编》等纯学术著作中也充满了机趣与幽默。

1991 年，全国十八家省级电视台联合拍摄《中国当代文化名人录》，要拍钱锺书，被他婉拒了，别人告诉他将要酬谢他钱，他淡淡一笑：“我都姓了一辈子‘钱’了，还会迷信这东西吗？”

留学深造能够信手拈来这样贴切并有讽刺幽默意味的比喻，除非是如他般才华横溢，生活智者，旁人哪里又能有这样的功力？有趣的语言源自于智慧的头脑。

有趣智慧的钱锺书，谈起恋爱来，竟然能将宋明理学语录经头脑转换成一首缠绵悱恻动人的情诗：

缠绵悱恻好文章，粉恋香凄足断肠；答报情痴无别物，辛酸一把泪千行。

依穰小妹剧关心，髫辫多情一往深；别后经时无只字，居然惜墨抵千金。

良宵苦被睡相谩，猎猎风声测测寒；如此星辰如此月，与谁指点与谁看。

困人节气奈何天，泥煞衾函梦不圆；苦雨泼寒宵似水，百虫声里怯孤眠。

是以他的健谈善辩，口若悬河，舌璨莲花，隽思妙语由此可见。

世上两种人活得较为长久：一种是不苟言笑，一种是目露精光，钱锺书就属于后者。花甲之年，精神总随着身体的衰老而变弱，这样的变化投射于双眼，眼睛自然变得无神浑浊，而钱锺书的眼睛在古稀之后，依然炯炯有神。

镜框之后的双眼，是一双露着睿智与思考的双眸。或许是这样一种时刻思考的状态，使得他在生活中，总能语出惊人，惊人的同时发人深省。

很多人不远万里从各地甚至国外慕名来拜访钱锺书，而他却常常闭门谢客，避之不及。有位英国女士打电话说非常喜欢他写的文章，想到家中拜见作者。他在电话中说：“假如你吃了一个鸡蛋觉得不错，又何必要认识那只下蛋的母鸡呢？”如此惹人发笑又觉实在道理的话语，令人回味无穷。

事实上，钱锺书的妙语连篇多在其书稿中可见，没有机会阅读他的著作的人，可算得上是人生中的一大损失。因为其中妙语不仅仅是搞笑与“歪理”十足，更加让人领会到一种人格魅力。

其中最让人觉得可贵的，是钱锺书的不事权贵。“安能摧眉折腰事权贵？使我不得开心颜！”李白这句千古名篇家喻户晓，文人志士一向以此作为人格高尚的尺度之一。

但是事实上，中国文人入仕，这是自古就有的，有人胸怀天下，想为国家做出一番贡献，这是真的，我们无须怀疑，但是在这之后呢？在有了一定的地位，拥有了受诱惑的资格，能够“万花丛中过，片叶不沾身”的人世间有多少？不为雄名疏贱野，唯将直气折王侯。但在钱锺书，也许连折王侯也不必了。

据黄永玉先生讲“文革”期间，某天忽然有部门通知学部要钱锺书去参加国宴。钱锺书道：“我不去，哈！我很忙，我不去，哈！”

“这是江青同志点名要你去的！”

“哈！我不去，我很忙，我不去！”

“那么，我可不可以说你身体不好，起不来？”

“不！不！不！我身体很好，你看，身体很好！哈！我很忙，我不去，哈！”

因为才高一世，所以他也颇自负自诩，相当的“狂”。

司马长风在《中国新文学史》中说他是中国现代文学史上两个“狂人”之一，钱锺书的狂，狂在才气，狂得汪洋恣肆，颇类古代庄生。

他的堂弟曾说过，钱锺书少年时就狂得惊人，从小就不愿说赞扬别人的话，倒批评、挖苦、调侃过不少人，说话既刻薄，又俏皮，这脾气一直未改，这些被他批评的人中有的是他的同学友人，有的还是他的师长、前辈，像朱自清、周作人、冯友兰甚至还包括他的父亲钱基博在内。

上大学时他就敢挑剔博学的父亲的学问，断定父亲的学问“还不完备”。大学快毕业时，清华挽留他继续攻读西洋文学研究硕士学位，他曾说：“整个清华，没有一个教授有资格充当钱某人的导师。”

与我们通常所知道的所谓儒者不同，文学造诣如此之深的钱锺书，大师风度有之，文人性情率真的一面却更加让人觉得可爱。

大概普通文人在学术专业难以达到高度，所以用生活态度处事方式靠近圣人以使自己融入其中，而真正文化高深的鸿儒，完全不必苦心经营出一种大师的形象。

钱锺书的话语能力，不仅仅在于其能够写出或说出如此多的诙谐并富有生活智慧的语言，亦在其能够通晓多国的语言文字。语言是了解一种文化的桥梁，更是承载文化的一艘船，就像加拿大学者麦克卢汉所讲“媒介即信息”一样。

同理，语言作为一种媒介，也是一种文化。川湘妹子的直爽，江南姑娘的吴侬软语，你看，不同的风俗人情都折射在语言里面了。是以一个能够了解多种语言的人，了解的并不是语言而已。

一生一世一双人

大多数情缘的开端，都浓烈而甘甜，能将深情和美持续一生，就不是人人可得的幸运了。钱锺书与杨绛的相识、相爱、相守从始至终都充满温情，这样的纯粹的爱情，世间少有。

两人相识于清华园的古月堂前，彼时的钱锺书穿着青布大褂，脚穿一双毛布底鞋，戴一副老式眼镜，目光炯炯有神，谈吐机智幽默，满身浸润着儒雅气质。

世人都道钱杨两人门当户对，同为江苏无锡的名士之家，两人的结合必定是一帆风顺，受到满满的祝福的，然事实虽说不是相差甚远，有情人成为终身眷属之中亦是经过了不少挫折与磨砺。

杨绛原名杨季康，杨荫杭之女。杨荫杭是毕业于日本早稻田大学，出身书香门第的革命知识分子。相较于钱锺书来讲，杨绛受到的教育更加地西方化，更加地开放，而钱锺书的家庭是传统旧式的翰墨之家。

事实上，杨绛的家庭对男女观念更为平等，这样的杨绛与钱父钱基博所期望的儿媳是有出入的，杨绛对于钱家来讲太过新式。假设钱锺书没有遇到杨绛，以钱锺书的淘气和痴气以及钱父的希望，钱锺书的妻子估计会是一位“颇有手腕”的“母亲兼贤妻”的女子。所以，钱杨的结合一开始并不如人们所想象的“一见钟情”到“门当户对”般完美无阻。

杨绛曾亲口讲过：“我原是父母生命中的女儿，只为我出嫁了，就成了钱锺书生命中的杨绛。其实我们两家，门不当，户不对。他家是旧式人家，重男轻女。女儿虽宝贝，却不如男儿重要。女儿闺中待字，知书识礼就行。我家是新式人家，男女并重，女儿和男儿一般培养，婚姻自主，职业自主。而钱锺书家呢，他两个弟弟，婚姻都由父亲做主，职业也由父亲选择。”

大概一段真正的爱情，总是路途坎坷，却又冥冥之中天注定。早在 1919 年，8 岁的杨绛就随着父母去过钱锺书家做客，只是当时太过年幼，印象寥寥。直至后来，杨绛高中毕业，本来想报考清华大学外文系，孰料那年清华大学虽开始招收女生，但是在南方却没有名额。无奈之下，杨绛选择了东吴大学。

1932 年初，杨绛本来已在大四下学期，东吴大学却因学潮而停课。为了顺利完成学业，杨绛毅然北上京华，借读清华大学。为了圆清华的求学之梦，杨绛还放弃了美国威尔斯利女子大学的奖学金。

两人之间好似有一根看不见的红线，互相牵引，站在古月堂前的钱锺书正在等待姗姗来迟的她。杨绛的母亲曾经讲过一句很妙的话："阿季的脚上拴着月下老人的红线呢！"

两人见到的第一面并没有过多用语言交流，但却在彼此心中留下了不可磨灭的印象。在这之后，钱锺书约杨绛见面，第一句话就是："外界传说我已经订婚，这不是事实，请你不要相信。"杨绛也趁机说明："坊间传闻追求我的男孩子有孔门弟子'七十二人'之多，也有人说费孝通是我的男朋友，这也不是事实。"恰巧两人在文学上有共同的爱好和追求，使得双方更加珍惜对方。

灵魂上能够有共鸣的人，互通起来总能不费气力。在 1946 年出版的《人·兽·鬼》的样书上，钱锺书写道："赠予杨季康，绝无仅有的结合了各不相容的三者，妻子、情人、朋友。"

世间最美好的恋爱大概如此：工作上，两人能够互相进步扶持并给以意见交流；生活上，两人出身相似，不用费时间气力走进陌生的世界加以努力磨合；理想中，两人精神高度棋逢对手。

这期间有一件趣事不得不提：两人恋爱期间，除了约会，就是通信。钱锺书文采斐然，写的信件理所当然撩人心弦，恋爱中的小儿女，又是痴迷文字的人，对跃然纸上的情怀，总能触到心中最深的地方。

有一次，杨绛的回信落在了钱锺书父亲钱基博老先生的手里。钱父好奇心突发，悄悄拆开信件，看完喜不自禁。原来，杨绛在信中说："现在吾两人快乐无用，须两家父母兄弟皆大欢喜，吾两人之快乐乃彻始彻终不受障碍。"钱父阅后大赞："此诚聪明人语！"在钱父看来，杨绛思维缜密，办事周到，这对于不谙世事的儿子，是可遇不可求的贤内助。

1935年，两人完婚，牵手走入围城。在20世纪的中国，杨绛与钱锺书是天造地设的绝配。胡河清曾赞叹："钱锺书、杨绛伉俪，可说是当代文学中的一双名剑。钱锺书如英气流动之雄剑，常常出匣自鸣，语惊天下；杨绛则如青光含藏之雌剑，大智若愚，不显刀刃。"在这样一个单纯温馨的学者家庭，两人过着"琴瑟和弦，鸾凤和鸣"的围城生活。

由吴宓之女吴学昭女士为杨绛所写的传记《听杨绛谈往事》中所述，钱杨两人的生活堪称伉俪情深的典范。

两人在牛津求学之时，杨绛把钱锺书吃得惯的西方食物省下来给他吃，而钱锺书负责做早餐并一直持续到老。

杨绛怀孕、生女儿时，钱锺书正埋首于繁复艰巨的论文写作中，但一向不善料理生活的钱锺书还是分担家务，并亲手为杨绛炖鸡汤，充满爱意。学习之余，两人之间还开展读书竞赛，比谁读的书多。

通常情况下，两人所读的册数不相上下。有一次，钱锺书和杨绛交流阅读心得："一本书，第二遍再读，总会发现读第一遍时会有许多疏忽。最精彩的句子，要读几遍之后才会发现。”杨绛不以为然，说：“这是你的读法。我倒是更随性，好书多看几遍，不感兴趣的书则浏览一番即可。”读读写写，嬉嬉闹闹，两人的婚姻生活倒充满了悠悠情趣，神仙眷侣，大抵如此。

1942 年底，杨绛创作了话剧《称心如意》。在金都大戏院上演后，一鸣惊人，迅速走红。杨绛的蹿红，使大才子钱锺书坐不住了。

一天，他对杨绛说：“我想写一部长篇小说，你支持吗？”

杨绛大为高兴，催他赶紧写。为了节省开支，她还把家里的女佣辞退了，自己承担了所有的家务活，虽然有时候也会大出洋相，可杨绛从未抱怨过。看着昔日娇生惯养的富家小姐，如今修炼成任劳任怨的贤内助，钱锺书心里虽有惭愧，但更多的是对爱妻的感激与珍爱。

两年后，《围城》成功问世。序言中钱锺书这样说：“这本书整整写了两年。两年里忧世伤生，屡想中止。由于杨绛女士不断地督促，替我挡了许多事，省出时间来，得以锱铢积累地写完。照例这本书该献给她。”

其实,《围城》是在上海沦陷的时期写的，艰难岁月里，夫妻两人相濡以沫，相敬如宾，这是多么难得的人间真情。

这对文坛伉俪的爱情，不仅有碧桃花下、新月如钩的浪漫，更融合了两人心有灵犀的默契与坚守。纵然斯人已逝，而杨绛先生的深情依旧在岁月的轮回中静水流深，生生不息。

血肉之躯铸造不朽灵魂

1937 年，两人在英迎来了女儿钱媛的降生。生产过程并不顺利，母女两个也算是九死一生，但上天为了成就这幸福的一家人，终是让女儿与他们相见。

钱锺书致“欢迎词”：“这是我的女儿，我喜欢的。”杨绛说女儿是自己“平生唯一的杰作”。由此可见两人对儿女的期待与发自心底的深爱。

女儿的出生，填补了两人学术之外生活中的最后一点空白。三人的幸福生活，从杨绛的《我们仨》中可窥见一斑。钱媛长大后，脾气性子特别像父亲，爱读书，更爱教书。一家三口人常常一同挤在书房内，每个人手里一本书，桌边一杯茶，脸上都颇为自得满足。

1959年，女儿钱媛从北京师范大学俄语系毕业后，如愿留校任教。钱先生夫妻二人都极为高兴，彼时，钱锺书忙于文学研究所的工作，而太太杨绛先生又正接手着翻译名著《堂·吉诃德》，女儿钱媛更不必说，刚刚踏上讲台的她花费了大量的时间去学习和提升自己。

一家三口虽然忙碌，但做的工作都是自己喜爱的，倒也不觉得劳累。唯有一件事情让钱锺书不甚满意，那就是他们团聚的机会少了，于是一家人约定，每个周末大家一起下馆子。

吃饭的地点由一家人商讨决定，但点菜却是钱锺书的一人独活。没有别的原因，就只因为钱锺书“会”点。凡是他点的菜，总是那个馆子的拿手好菜。就连杨绛也说：“钱锺书是一个很懂得吃的人，他喜欢带人家去品尝各种馆子，亲自点菜，而且绝对不会失手，这也可算得上是一大本事了。”

很多人好奇为什么钱先生如此会点菜，其实据钱先生自己解释说，这个点菜的小窍门无外乎“观察”二字了。

每家饭店里，总有那么几位看起来熟门熟路的客人，大摇大摆地走进门来，也不要人招呼，自顾自地便拣了个最舒服的地儿坐下。待到点菜时，服务员递上的菜单往往是看也不看，径自报出一串菜名。这个时候一定要竖起耳朵记下菜名，像这种熟客点的菜差不离便是这饭馆里的精品了。

其实这就如同看福尔摩斯断案，若是只看开头和结尾，便觉得这里面实在是大有玄虚，偏要完完整整地读完了过程方才恍然大悟。

钱锺书先生常年读书，眼睛有些近视，耳朵却是特别灵敏，每次去饭店吃饭，除了偷偷听人家报菜名之外，还有一大乐趣便是听邻桌人讲“故事”了。用钱老先生自己的话说，他们一家吃馆子，往往是连带着“看戏”一起的。

有一次，在等待上菜的空当，钱锺书和阿圆一直在观察其他饭桌上吃客的言谈举止，并且像看戏一样很是着迷。杨绛奇怪地问：“你们这是干吗啊？”

阿圆说：“观察生活是件很有趣的事，你看那一桌两个人是夫妻，在吵架，那一桌是在宴请亲戚……”杨绛明白了，这父女俩是在看戏呢。吃着自己的饭，听着别人的故事，实在是其乐无穷，一家人便边吃边听，听到精彩之处彼此相视一笑，下这馆子也算是值了。

简单的温情终究敌不过历史的车轮，被碾得伤痕累累。

1967 年，钱媛嫁给大学同学王德一，“文革”时期，王德一因“炮打林副统帅”的“罪名”被批斗自杀。事情经过大概如此：据杨绛在《干校六记》中记载，王德一被逼交出莫须有的罪名名单，王德一不愿牵连无辜受害者，不堪受辱，最终自杀结束了自己的生命。

王德一的死对钱媛的打击无疑是巨大的，而当时的钱锺书眼睁睁地看着从小在自己手心中长大的掌上明珠如此生活，心中的痛苦无法言说。女儿的伤痛，在父母的身心之中，总能被放大，这是为亲人的痛，与此同时的，还有为所有知识分子，为整个国家的痛。

“文革”期间，还发生了一件事，由此我们可见钱先生的真性情与痴气。钱锺书在小说里对男女之情冷眼旁观，似乎看破红尘，在生活中对杨绛却呵护备至，情深意切，是众所周知的佳话。

他在杨绛睡着时用毛笔给她画大花脸；杨绛给他做饭，他心疼妻子劳累，写了“忧卿烟火熏颜色”。生活并非一直这样情趣盎然，在特殊时期，杨绛被人无理殴打，温文儒雅的钱锺书竟然冲出来举起厚木板反击，当时的他已经六十多岁。

而钱锺书即使在这样的环境下，无论被安上打上什么样的罪名都能宠辱不惊。当年被批斗时，别人狼狈不堪，唯独钱先生却头上顶着高帽子，胸前挂着大牌子，从贡院前街走回干面胡同宿舍，任凭街上的孩子哄闹取笑，却毫无猥琐惶悚，高视阔步如故。这样的风骨气度，能有几人与之相较?

在这长达10年的浩劫里，钱锺书生命中最珍贵宝贝的女儿受到了永不复合的伤害，家人分散，各自在艰难地忍受生活。他的童心不得不跟着变得苍老，虽然他的才气仍不减当年，但他的热情却逐年递减，钱锺书一度开始沉默。在许多年间，他似乎没有什么新作问世，放下手中犀利的笔，他开始由创作走向研究，用半辈子寒窗的寂寞，默默地为世界文化奉献着自己的智慧。

《孟子》中文：“天将降大任于斯人也，必先苦其心志，劳其筋骨，饿其体肤，空乏其身，行拂乱其所为，所以动心忍性，曾益其所不能。”种种经历使得钱锺书受到了极大的创痛，可他却没有在重见天日后加以渲染怨诉，经历了那段非人的时光，大概怎么讲都是不过分的。

钱锺书曾对其在台湾的学者好友讲过，“文革”过后，钱锺书得到正名，曾有人来拜访，想要从钱锺书口中挖出当年在“文革”时期所受到的不公的对待，钱锺书只字不提。也许，他只是想让自己的精神世界永远纯净。

晚年时，钱锺书撰写了巨著《管锥编》。这部用文言文写的笔记体巨著，注释了中国十部古籍。凡是字句有出入，含义有分歧，源流可考证，值得阐述的亮点和需要评价的地方，钱先生都一一拈出。

该书范围由先秦迄于唐前，涉及音韵、训诂、经义、比较文化等多门学科。在本书中，钱锺书对《周易》、《史记》、、《老子》等古代典籍进行了详尽的考疏，体现了学贯中西的丰厚学养，代表了学术界的最高水平。

在学术上筑造出不朽丰碑的钱锺书，生活对于他的晚年也没有客气，也许是一生里的才华横溢让上天也嫉妒，所以才会让其晚年也并未如何的安逸舒适。

从杨绛的《我们仨》中得知，1993 年春天，钱锺书的健康恶化，手术取出一个肿瘤和一个坏死的肾，1994 年夏天因为高烧又再次住院，随后在膀胱上检查出癌细胞。

钱锺书的打击没有结束，女儿钱媛在 1997 年去世。阿圆去世时，钱锺书已重病卧床，他黯然地看着杨绛，眼睛是干枯的，心里却在流泪。

杨绛急忙告诉他：“阿圆是在沉睡中去的。”钱锺书点头，痛苦地闭上眼睛。

1998 年 12 月 19 日清晨，钱锺书逝世，怀着对女儿逝去的悲痛，他本想最后再陪着心爱的杨绛度过人生最后的阶段，可身体的局限，使他不得不先杨绛而去，虽然他心里满是不舍与牵挂。

卷九

还卿一钵无情泪——苏曼殊

在尘世中与佛相遇

行走在春日的西湖之畔，没有夏日曲院风荷的清幽，没有秋日平湖秋月的静谧，没有冬日断桥残雪的纯洁，感受着吹面不寒的杨柳风，看着苏堤春晓的美景，也是别有一番滋味在心头。

白堤之始就静静地矗立着一座慕才亭，一代名妓苏小小就淡然地长眠于此，听着五湖四海的旅客闲谈。白堤与苏堤相接之处便是一座风雨亭，曾写下“秋风秋雨愁煞人”的女义士秋瑾就葬身于此。一文一武两个女子竟然都长眠于西湖之畔。

黄昏时分，湖畔灯星点点，美丽的西子也将在月色中渐渐进入梦境。就在这朦胧的景色之中，似乎看到一代名僧苏曼殊在湖上踽踽独行，他披着短褂，赤着脚，拖着木屐，从雷峰塔下的白云庵出来，站在断桥之上凝视着波光粼粼的湖面，仰头欣赏那高悬在天上的一轮孤月。

也许在曼殊有生之年都从来没有想过，自己去世后竟然可以在朋友的帮助之下，归葬西湖孤山，而且他不是一个人长眠于此，同姓名妓苏小小与他“毗邻而居”，如果情僧苏曼殊泉下有知，也定是十分欣慰的吧。谁遣名僧伴名妓，西泠桥畔两苏坟。

西湖，对于苏曼殊来说并不仅仅是一个地名、一处名胜，这里承载了苏曼殊太多的情愫，所以他才会多次回到西湖，为淡妆浓抹总相宜的西子再增添传奇的一笔。

佛家讲究前世今生与因果轮回，一切遭遇皆有因缘。因此一个人在出生之时，他的一切都已经注定，可惜我们总是猜出了开始却没有猜到结局。即使某些人从一开始就已经预料到结局，甚至想通过人为的努力去改变结局，可是兜兜转转就会发现，你所谓的努力只是画了一个徒劳无功的大圆，最终仍会回到原点，就如可怜的俄狄浦斯王一样，我们最终都逃不了命运的牵绊，逃不了因果的轮回。而苏曼殊的诞生似乎就和佛教结下了不解之缘。

1884年的初秋，在日本，一个平凡却又传奇的生命悄悄来到这个世界。说他平凡是因为他的到来和其他生命一样，安静而美好；说他传奇是因为他的一生都令世人侧目，只身份这一项就有好多称呼：情僧、革命僧、诗僧、画僧。

他就是苏曼殊，在中国近代文学史中，他绝对占有一席之地。他的身体里，同时流淌着华夏民族和大和民族的血液，这样一个中日混血儿在中国近代革命进程之中也付出了自己的满腔热血。

苏曼殊出生于日本横滨，其父苏杰生是一个家境殷实的富商。苏家在当时的广东虽说不上是什么钟鸣鼎食之家，但绝对也是一个名门望族。

苏杰生有幸继承殷实的家业，远赴日本横滨经营丝绸贸易。明治维新之后，日本的经济得到大力发展，苏杰生遂改为经营茶叶。由于经营有方，两年前被山下町33番地一家英国人经营的万隆茶行聘为买办。

苏杰生在广东之时曾有嫡妻黄氏，育有一子一女，不幸儿子于6岁夭折，不孝有三，无后为大。苏杰生在日本又纳了一房妾室，名为河合仙。二人之后育有一子一女，但是仅有一个儿子未免太过单薄，于是又纳陈氏为妾。

无奈陈氏生性心肠歹毒，嫉妒心太过强烈，几次较量河合仙都未占到任何好处，最终被疾病缠身。因此其妹妹河合叶子搬来和姐姐同住，照顾姐姐的饮食起居。

河合叶子正值妙龄，身材苗条，秉性温柔，苏杰生在与其妹妹接触中情愫暗生，一来二去，河合叶子竟然怀孕了。为了隐瞒事情的真相，苏杰生让河合姐妹搬到别处。而这个在东躲西藏中生下的孩子就是苏曼殊。

为了抹去私生子这个污迹，苏杰生对外宣称这个孩子的生母是河合仙，而河合叶子在产下孩子不久被苏杰生安排另嫁他人。

幼年的苏曼殊是不幸的，他在以后的文章中总是提到自己“幼年失怙”，尽管有河合仙代为抚育，可是毕竟不是生母。可是苏曼殊又何其有幸，善良的河合仙对苏曼殊视若己出，给予母亲一般的关怀。

长大后的苏曼殊对自己的生母是谁一直不甚了了。每次言及自己的身世时，他总是闪烁其词，泫然叹息，俯首不答，甚至以假话应对。苏曼殊之后的人生凄苦和看似与生俱来的孤独感，可能正源自其不知生母是谁的“难言之痛”。苏曼殊与父亲的关系也并不融洽，一直忙于生意的苏杰生给予孩子的关爱实在是有限。

苏曼殊也许天生就和佛教有渊源。当时日本流行佛教，河合仙有时便把这些汉语、日语甚至夹杂着梵语的佛经念给小曼殊听，小曼殊听到后常常会侧耳问，“此句是何意？”

有一次苏杰生带儿子去马戏团看表演，看到满头金发的狮子时，小曼殊很是高兴，凑在笼子旁边静静地观察狮子。笼内的狮子发现小曼殊，竟然一纵巨大的腰身威立起来，张开大口，露出雪白尖利的牙齿，对着小曼殊大吼。

苏曼殊丝毫没有惧怕之意，微笑地和狮子招手。回家之后，苏曼殊拿出纸笔，伏在地上画出了今天看到的狮子，笔法老练，形神兼备。

在佛教中，“佛为人中狮子”，佛讲经声音洪亮，人称“狮子吼”。小小年纪的苏曼殊就对佛经和狮子如此感兴趣，颇有慧根。

当苏曼殊 5 岁的时候，苏家承认了他的身份，他由“宗助之”改名为“亚戬”，排行老三，称为“三郎”。

6 岁时他跟随嫡母黄氏回到沥溪老家，从此告别了幸福的童年。

苏曼殊的离开令河合仙的感受十分复杂。悲伤是因为自己辛苦养大的孩子却要被活生生地残忍夺走，高兴是因为苏曼殊终于可以成为苏家名正言顺的孩子。小小的苏曼殊站在轮船上，望着一望无际的碧海，看着越来越远的母亲，难过地流下泪来，今日一别，不知相见何时。

苏曼殊就这样进入了封建思想浓厚的苏家，开始了“一年三百六十日，风刀霜剑严相逼”的凄惨童年。不由让人想起了《红楼梦》中林黛玉进贾府一幕。也许“白玉为堂金作马”的贾府在别人的眼中是理想之家，但是这种欺软怕硬、等级森严的大环境使黛玉初进贾府就时时留意，处处小心，尤恐行错做错，察言观色竟是孩子想要生存下来的必备技能。

同样，苏曼殊在苏家虽然有祖父的庇护，但是祖父也没有办法把他昼夜带在身边，大多数时候还是沦落在陈氏的魔掌之中，折打、辱骂、虐待更是家常便饭。

唯一带给苏曼殊安慰的可能就是私塾生活，在那里他可以交到性情相投的朋友，而且因为苏曼殊天性聪敏，私塾先生也十分偏爱他。苏曼殊九妹在多年之后曾回忆说：“三兄曼殊素爱文学，书法极端整齐。所读的书，犹是如新，一圈一点，无不注重。”

1892 年，苏杰生遭遇了经济上的波折，生意上的失败带来生活质量的下降，苏杰生带着大小陈氏由日本返回广州。

而远在广州的苏家即将接受一场考验，正如鲁迅先生所言：“有谁是从小康之家而坠入困顿的吗？我想这其中便可以看出世人的真面孔。”敏感多思的苏曼殊自然也是饱受这次经济危机的折磨，大陈氏动辄对曼殊拳脚相加，增加了他的心理阴影。

其后苏杰生又带着陈氏与其他子女去上海经商，以期东山再起，徒留曼殊待在广州，这给曼殊幼小的心灵带来致命一击。

没有苏杰生的苏家，曼殊独自忍受着万般欺凌。最可悲的是，在其重病之时，家人并不是想尽办法帮其医治，而是想要借此机会残忍地了断其生命，把这个幼小的孩子扔在冰冷的柴房让其自生自灭。

所幸曼殊福大命大，在嫂子的帮助下死里逃生。重获新生的苏曼殊似乎看淡了一切，对苏家再无丝毫留恋之意。当慧龙寺的赞初大师来苏家门前化缘之时，苏曼殊潇洒地跟随大师而去。

师徒二人最终停留在广州市一座萧萧古刹——六榕寺。曼殊当时还未满 20 岁，所以只受了沙弥戒，而沙弥戒规定是不能杀生的。可是生性好动的曼殊经不住诱惑，在驱赶乌鸦的时候抓住了一只鸽子，做了五香鸽子肉偷吃，犯了佛教大戒，最终被逐出寺院。

这是曼殊首次与佛结缘，但以被住持驱赶出佛门告终。这世间任何地方都有不可触及的界限，倘若越界，即使是慈悲的佛也会被迫无情，佛法无边却也无法扭转乾坤。

曼殊又成了一只飘零的孤雁，飞渡沧海，不是为了寻找避风挡雨的屋檐，而是将年华抛给了红了樱桃绿了芭蕉的流光。这段流光开启曼殊人生中又一段甜蜜而辛酸的经历。

枉将生死作相思

一代情僧仓央嘉措曾这样写诗描绘可遇而不可得的爱情：

但曾相见便相知，相见何日不见时。安得与君相决绝，免教生死作相思。

用此首诗来概括年轻时候的苏曼殊的爱情恰到好处。在曼殊刚到广东苏家之时，有许多远房亲戚来“看望”这个中日混血的孩子，而其中有一个女子便奇迹般地成了曼殊的未婚妻。

父母之命，媒妁之言。苏家老爷子看上的这个名叫“雪梅”的女孩子，按照亲缘关系来说应是曼殊的表妹，定情信物是一对上好的玉玦。这个玉玦在曼殊的生命中占有重要的地位，直至其去世的时候都一直央求友人寻找玉玦或者玉佩，握在手中方才去世。

当苏曼殊出家的消息传到雪梅家中，无疑是晴天霹雳。人们都认为佛门一入深似海，再无还俗那一天。为了女儿的未来着想，家人一再逼迫雪梅再觅良人。无奈雪梅钟情于曼殊多时，无意再嫁他人。

苏曼殊还俗后有一天路过雪梅家，而雪梅在窗户上看到了苏曼殊，便命丫鬟捎书予他，信中力陈对表兄的情意。

这封书信苏曼殊曾在其自传小说《断鸿零雁记》中有详细的描述。开头痛心陈述事情缘始："先是人咸谓君已披剃空山，妾以君秉坚孤之性，故深信之。悲号几绝者屡矣"，后又交代不得已之处："继母孤恩，见利忘义，怂老父以前约可欺，行思以妾改他姓"，可贵的是最后大胆表明心迹："三郎，妾心终始之盟，固不忒也！若一旦妾身见抑于父母，妾只有自裁以见志！"好一个刚烈的女子，仅有几面之缘，竟是情比金坚。在书信的末尾还再次表明心迹："沧海流枯，顽石尘化，微命如缕，妾爱不移。"

然而这样一个情义深重的女子却早早地离世了，加上后来祖父的病逝，更坚定了苏曼殊离开冰冷家乡的决心。

1898 年初春，曼殊终于随表兄林紫垣赴日。这是曼殊自从 6 岁离开河合仙之后第一次返回日本。返回日本的苏曼殊在亲友的帮助之下，进入横滨大同学校学习，林紫垣曾赞赏苏曼殊“好读书，一目数行”。

除了学习，苏曼殊还有一个愿望，便是与母亲河合仙相聚。数年的母子分离，世人的冷暖白眼，更加使曼殊怀念幼时在母亲怀抱中的生活。在曼殊以后的诗作中曾有忆及母亲河合仙的诗作，其中一句“我望东海寄归信，儿到灵山第几重”，对母亲的思念之情更是可见一斑。

母子相见，河合仙喜极而泣，随后决定带苏曼殊去自己的出生之地——逗子樱山村小住几日。而正是在樱山村苏曼殊经历了自己的初恋。

小住在樱山村的苏曼殊，爱上了这里浪漫的樱花，恋上了这里静谧的生活，喜欢上了这里的一草一木，有一种远离尘世喧嚣的感觉，奔波的心到此似乎归于平静。当一个如烟花般美丽的女子出现在他的身边时，枯寂的心又一次有了跳动的旋律。

关于这个女子的名字，后世并没有明确的记载，曼殊在自己以后的生活中每每忆及此事，总是把她称为“女郎”。我们无法去想象那是一段多么浪漫而传奇的邂逅，但毫无疑问，这位女郎牵系了他一生的情感。多情的女郎用她如水般的温柔抚慰了曼殊在广州期间的孤独与哀怨，两人甚至生死相许。

至此，曼殊第一次体会到爱情的滋味。那时候他单纯地以为，离开苏家故土就再也没有烦恼，然而当他的恋情被族人知晓后，长辈们一致以女郎是一位日本女子为由，反对他们结为夫妻。

当苏曼殊天真地以为，遥远的距离可以筑就一座世人难以到达的港湾之时，却不知晓伤害原来无孔不入，穿过时间与空间的距离伸来残忍的魔爪。苏曼殊的家人竟然瞒着他悄悄地去了女郎家里，向女郎的父母痛陈其女儿“勾引”曼殊一事，可怜的一对父母竟然对自己的女儿拳脚相向，并逼迫其另嫁他人。

女郎深知与苏曼殊此生无缘，在樱花烂漫的时刻跳入河流，质本洁来还洁去，强如污淖陷渠沟。她在最美的时刻绝尘而去，甚至都来不及亲口向苏曼殊告别。

世界上最远的距离，不是星星之间的轨迹，而是轨迹纵然交汇，却在转瞬间无处寻觅。也许人生就是如此，当你祈求无风又无雨之时，殊不知狂风暴雨正向你急速走来。

多年之后，曼殊曾为女郎作诗《樱花落》一首来怀念女郎，其中一句“忍见胡沙埋艳骨，休将清泪滴深杯。多情漫向他年忆，一寸春心早已灰。”更是表明曼殊当时的肝肠寸断之情。

樱花之乡——日本，这个被曼殊误认为是故乡的地方，原来也不过是他孤寂生命中的一座客栈，暂时收留了一缕孤寂的灵魂。面对深爱的女子如水般的深情，他竟然连一句承诺都给不起，这位匆匆过客在樱花还未落尽之时就策马扬鞭远在天涯之外。

回到中国的苏曼殊再次遁入空门，于广州蒲涧寺出家为僧。

为了表明这次意志的坚定，他多次要求方丈为其剃度，甚至伤心落泪而言："大方家请毋吝此区区一席之地，容我潦倒残生。不然，将自刎座前矣。"在苏曼殊的要求之下，方丈准许其"闭关"三个月，潜心修行。

于是，身着僧袍的俊朗青年坐在僧房的一角，听着暮鼓晨钟，度着寂寥的时光。青灯黄卷，木鱼长箫，老床石凳，这就是苏曼殊的所有。一扇小窗观看外面的世界。白日里，偶有稀疏香客，斑驳阳光，黑夜里，就只有清风朗月，数点星辰。

也许刚开始的日子苏曼殊是十分虔诚的，刚刚痛失所爱的他重新做回了孤雁，被狂风暴雨拍打的他已经失去了翱翔的勇气，于是他又一次选择了回到佛祖的怀抱。那里没有伤害，没有算计，没有争夺，每个人手捧经卷，常伴佛祖左右。

这种摒弃人间五味、清淡如水的日子，对于一个过久了纸醉金迷的人来说也许是一种滋养，但是对于一个初尝人世百味的少年来说，让他不染人间烟火气息，太过于为难。在这个充满魔力的人世间，我们永远做不到高蹈尘外，因为有太多的意念驱使着我们不得不前进。

今朝厌倦了俗世里拥挤的繁华，明天又惧怕了寺院里空寂的清冷，于是曼殊写下了“山斋饭罢浑无事，满钵擎来尽落花”的心境。

在一个月黑风高的夜晚，他又一次离开了寺院，挥一挥衣袖，不带走一丝檀香。随缘自在，自在随缘，佛门就是如此，来者不拒额，去者也不枉留。

人们常说，“灵魂和身体总有一个在路上”。如果说苏曼殊的第一次出家是一个孩子在绝望之时给自己寻找的一丝希望，那么这一次苏曼殊的离开寺院却是才开始真正了解与领悟佛家的真谛。

有人即使是酒肉穿肠过，但却佛祖心中留。如果虔心向佛，又何必纠结于地方。红尘若许大，处处皆是曼殊的修行之地。

兵火头陀泪满樽

离开蒲涧寺以后，苏曼殊选择重回日本横滨。

1900年春，他在大同学校升入甲级，兼习英文与日文。1900年对于中国而言，正是一个屈辱的时刻。帝国主义争相在中国划分势力范围，亡国危机敲醒了每一个沉睡的中国人民的灵魂，声势浩大的义和团运动也揭竿而起。

国难当头，大同学校的中国留学生们也掀起了一片救国热潮。教室内的黑板上，学生的课本上，都写着“国耻未雪，民生多艰，每饭不忘，勖哉小子”。刚出寺院的苏曼殊正是血气方刚的时刻，他将感情上的伤痛深埋在心底，投入广大的爱国热潮之中。

1902 年，苏曼殊结束了在横滨大同学校的课程，转入日本早稻田大学留学生部学习。由于东京的学校日常消费过高，苏曼殊选择了下等食宿条件，所吃的白米饭和以白灰，但他对此皆无怨言，安之若素。

在学校，苏曼殊孤介静默，表面看起来，柔弱似无能者，又操粤语，当时许多同学都不太乐意与他交流。苏曼殊曾对同学张世昌说："你父母双全，真实幸福，但我则孤身一条，身世凄凉。"也许我们以为苏曼殊已经习惯了"赤条条来去无牵挂"的生活，但这世间谁又愿意孤独终老？但是苏曼殊很会掩饰自身的落寞，只有晚上才会静静地舔舐自己的孤独，白天则又意气风发地投身于爱国活动。

1903 年春，学习成绩优秀的苏曼殊，被侨商保送，由早稻田大学转入成城学校。成城学校是日本陆军士官学校的预备学校，是日本方面为中国学陆军者所特设的。苏曼殊在国民教育会中表现十分突出，但是革命运动却没有取到切实的成绩，资助苏曼殊上学的林紫垣也扬言："如果苏曼殊过于热心革命活动，将会取消对其经济资助。"正好赶上该校要派学员回国之星任务，苏曼殊考虑借此机会回国，当然他的目的地是香港，林紫垣十分高兴地为他买了船票。

在回国的船上，看着滚滚的江水，苏曼殊想起了当年齐国的鲁仲连宁蹈海而死也不帝秦的壮举。同样，苏曼殊自己也是抱着为推翻清朝统治者而必死的决心，准备在浩茫的烟水中去寻找自己的归宿。他把心中悲愤的怨火化为悲壮的行动，为自己崇拜的老师汤国顿作一幅画，并题诗二首于画上，我最喜欢其中一首，读起来荡气回肠：

蹈海鲁连不帝秦，茫茫烟水着浮身。

国民孤愤英雄泪，洒上鲛绡赠故人。

然而，斗志昂扬的苏曼殊却由于缺乏路费，无法到达香港，只能到达苏州，无奈之下在苏州吴中公学留下任教。刚到苏州的苏曼殊并不会讲苏州话，大家又听不懂粤语，因此他极少说话。他当时没有留发辫，童山濯濯，全然光头，很像一个和尚。

当时中国涌现办报热潮，苏曼殊在《国民日报》上挥洒着自己的热血，后来还在上面翻译雨果的《悲惨世界》，改名为《惨社会》。而其中的主人公男德更加突出地表现了苏曼殊当时义愤填膺的心境。

曼殊回国的目的地是香港，暂居苏州只是权宜之计，后来苏曼殊使用调虎离山之计离开苏州，前往香港。当他离开上海之时，震惊全国的《苏报》案的审讯工作正在进行。12 月 24 日，“额外公堂”对章太炎、邹容进行判决：永远监禁。而此时远在香港的苏曼殊听到审判的最终结果，无疑是晴天霹雳。而且他自从来到香港之后，所经历的大小事情也和自己想象中出入很大，更是对当时的社会万念俱灰。

于是苏曼殊离开了香港，前往广东东南番禺县的海云寺再次出家，接受比丘戒的洗礼。苏曼殊以为这一次出家会使自己静修成佛，忘却人世，进入超然自由的精神境界。然而因为海云寺是以富有种族革命思想传统而著称的，苏曼殊在这座古刹里面继续受到民主思想的熏陶。

宋亡于元时，陆秀夫抱幼帝殉国于南海。明末清初，名僧天然和尚曾在此住持，十分不满满洲贵族的统治。这一系列先烈的事迹与当时苏曼殊的人生抉择予以重合。

每一个人都是矛盾的集合体，在快乐的时候莫名地感伤，在喧闹的时候无名地失落。走过人生的悲欢离合，蓦然回首才发现原来许多悲欢都有数不尽的前因。

苏曼殊虽然有过人的悟性，但是却终究无法掐指计算人事。在寺庙的日子就像是一场无尽的等待，每一页空白都需要用佛经去填满。他也不知道自己哪一天会厌倦这里孤寂的生活，望着桌子上的那一盏孤灯，就如同自己越来越接近坟墓的日子。也许只有曼殊自己知道，他究竟和佛祖结了几世的缘分，是来世的几万次回眸才换得今生多次出入佛门的机缘。

人生真如一场戏，我们在不同的舞台上更换不同的角色，其实我们都是戏子，每个人一生所经历的事情都可以拍一部电影，而苏曼殊的却是一部好莱坞大片。

在庙宇，苏曼殊是一个悟性极高的年轻高僧；在政界，是一位独领风骚的革命先驱；在情场，又是一位处处留情、红颜无数的多情才子；在世俗，他又是一个毫无禁忌、洒脱不羁的狂人。每一个角色都是最真实的他，但是这每一个真实之中都透露着一些虚无的色彩，我们总是摸不清到底哪一张面孔才是最本真的他。

苏曼殊曾言“万里飘蓬双步履，十年回首一僧衣。”这轰轰烈烈的10 年最终竟归于佛门，难以琢磨。尽管浮生踪迹已经渺如烟，但是心中尽有人间未了缘。

万般纠结中，苏曼殊终于决定再一次离开佛门。也许苏曼殊这次也是同上一次一样，于月黑风高夜离开了寺庙。正如他所言："芒鞋破钵无人识，踏过樱花第几桥。"他终究只适合做一个漂泊的大雁，在不同的地方筑巢，来去匆匆，不需要为任何固定的院落守着旧梦。

离开寺庙的苏曼殊再一次来到香港，探视自己老师庄湘。庄湘素来器重曼殊，曾有意将自己的女儿雪鸿嫁于苏曼殊为妻。但是苏曼殊以出家为借口，垂泪托词："吾证发身久，辱命奈何？"庄湘也是大度之人，并未因学生的拒婚而恼怒于胸，反而更加疼爱曼殊。当听说曼殊有南游诸佛教圣地，学习梵语之心时，竟是全力相助，极力促成南游之事。

苏曼殊在南行之前，曾去杭州灵隐寺朝拜，然后又去上海告别诸位友人，溯长江而上，进入四川、云南，沿蜀身毒道而行。这一路南行所到之地收获颇多。在泰国的龙华寺青年会任教，探讨两国佛教的异同。经由缅甸、印度，到达狮子国斯里兰卡，驻锡菩提寺。经由马来西亚到达越南，并在越南重新受戒，臂上落有戒疤。他就像河流中的落花一样，不知漂向何方，但是从不曾有片刻的停留。

一切有情皆无挂碍

在苏曼殊 21 岁那年的 7 月，他回到中国，任教于长沙实业学堂，同时又在明德学校教授图画课，这只飘泊多日的孤雁最终厌倦归巢。

此时苏曼殊的精神已经出现问题，据他当时的同事回忆说："曼殊背人兀坐，歌哭无常。见人时，目炯炯直视，数分钟不转瞬，举校呼为'苏神经'。"更为可奇的是苏曼殊的痴，当时他的朋友李昭文见苏曼殊作画完璧，正要拿去欣赏，可是苏曼殊却说："我为你另画一张。这张是为我去世的女朋友画的，一定要烧，让她在冥中观画解愁，知我之不忘。"可是李昭文以缓兵之计拖得此画不曾被焚毁，又因二人以后不复相见，所以那一幅《远山孤塔图》得以保存下来。

1905 年，又一件对苏曼殊而言打击极大的事情发生——邹容惨死于狱中，同时湖南的反清首领马福益也被杀害于曼殊所在的长沙浏阳门外。好友的接连去世使曼殊对当下的社会彻底失望，深知对于这个社会已经无法施救，从此他对待人生的态度多了一抹色彩：游戏人间，玩世不恭。

这一年秋季苏曼殊重回西湖，脱下了青春的彩衣，又披上了袈裟，过起了“白云深处拥雷峰”的日子，寄居在白云庵。也许苏曼殊对西湖是有某种莫名情结的，白云庵有一座月老祠，上书对联：愿天下有情人皆成眷属，是生前注定事莫错姻缘。也许苏曼殊希望在西湖与一位女子花开断桥吧。

其后曼殊游冶于秦楼楚馆，就如当初的柳三变一样周旋于青楼歌妓之中，睡眠花丛中，醒戏脂粉群。

在曼殊看来这些为大家所不齿的青楼女子并非一无是处，青楼既多是非，也多孤高傲洁之人，正是在此时苏曼殊遇到了金凤，那个懂他爱他、愿意许身于他的女子。在曼殊看来，这些青楼女子更加惹人怜惜，佛说：“众生皆苦。”若不是到了绝境，哪个女子愿意用自己的青春去谋生。

但是曼殊性格之中似乎多有矛盾之处，当金凤提出要曼殊带她离开的要求，他却以沉默相待，继而用一贯的方式逃离。他以为“一袭袈裟锁火焰”，锁住了他的勇气，锁住了他的自由，给他的“懦弱”铸就了一个坚强的后盾。最后金凤无奈之下远嫁富商，已是伊人远去，阁楼久空，苏曼殊睹物思人，挥毫而作：

收将凤纸写相思，莫道人间总不知。
尽日伤心人不见，莫愁还自有愁时。

真可谓一段离情难忘怀，字字写来皆是泪。人生最大的遗憾莫过于你爱的女子嫁作他人妇。从此天各一方，相忘于江湖。

其后苏曼殊再次东渡日本，想要再次探访母亲河合仙。孩子不管长得再大，在父母面前永远都是一个需要呵护的孩子，苏曼殊期望着可以回到父母的怀里，用亲情抚慰伤痛。在此期间，他的好友章太炎与孙中山发生了不可调和的矛盾，这次争论又一次给苏曼殊带来极大影响，他的精神抑郁症又一次加重。

不幸接踵而来，1908 年夏，一直独身的河合仙与一日本男子结婚。这次婚姻更加使苏曼殊觉得备受孤独，母亲再婚之后搬走和丈夫同住，苏曼殊又想起幼年之时离开母亲去广州老家的阴影，瞬间感觉又一次被世界抛弃了。

虽然河合仙曾多次提出让苏曼殊搬来与他们同住，但是苏曼殊对于继父总是有着某种隔阂，母子在婚后见面的地点竟然是“料亭”，一个极具政治色彩的地方，对于母亲的殷殷嘱托苏曼殊频频点头，最终还是决定孤身一人居住。

其后苏曼殊又与花雪南、百助枫子陷入热恋，但是最终都无果而终，以逃避来结束这一段段感情。他和百助枫子相识于一场器乐演奏会，于万千人中苏曼殊将目光聚焦于百助一人，在她的古筝声中潸然泪下。

这次交集颇有一些白居易与琵琶女的味道，座中泣下谁泪多，古刹情僧袈裟湿。曼殊还写诗来记述这次观感：无量春愁无限恨，一时都向指间鸣。音乐会结束之后，两人又多次接触，百助深慕苏曼殊的才华，更为其坎坷身世而落泪，曼殊更是爱慕其才华，他们在彼此的眼中都看到了深深的爱慕。但是苏曼殊又一次逃避了，留下了“还卿一钵无情泪，恨不相逢未剃时”的千古绝唱。

苏曼殊是孤雁，爱上了流浪，恋上了漂泊。就像一只无脚的小鸟一样，只能够一直地飞呀飞呀，飞累了就在风里面睡觉，一辈子只能下地一次，那一次就是它死的时候。而苏曼殊也只有在重病的时候才会折断了自己飞翔的翅膀。

感情上的打击，友情间的纠纷，社会里的动荡，以及苏曼殊自身毫无节制的暴食暴饮的恶习，终于使他重病住院。然而即使是重病之时，他也没有谨遵医嘱，依然我行我素，死神似乎已经在缓缓地向他招手。后来，他由海宁医院移往广慈医院，却仍是无法遏制疾病的蔓延。

也许知道自己大限将至，苏曼殊对友人说此生唯有两憾事：一是没有去凭吊拜伦之墓，二是没有去意大利学西洋绘画。

真的是只孤雁啊，即使身在病床，还有一颗在路上的心。友人纷纷宽慰其大病痊愈之后，再亲自完成憾事，可是曼殊清楚地知道自己已经没有时间了。最后留给世间的话只是一句大彻大悟之语：“一切有情，皆无挂碍。”

1918 年 5 月 2 日，苏曼殊带着自己的遗憾离世，6 年之后由孙中山出资，在陈去病的帮助之下归葬杭州孤山，与一代名妓苏小小毗邻而眠。

突然想起史铁生的一段话：“正如我曾走过山，走过水，其实只是借助它们走过我的生命；我看着天，看着地，其实之时借助它们确定着我的位置；我爱着你，爱着他，其实只是借助别人来实现我的爱欲。”

也许苏曼殊走过千山万水，爱过千万万人，只是想在漂泊中寻找自己的人生意义吧。可谓“生死契阔君莫问，行云流水一孤僧。”

后 记

落笔之后，回眸这九位卓越的民国风云人物那跌宕的人生时，不禁喟叹，虽不能至，心向往之。

战火纷飞的岁月，他们多出身于富庶之家，却不愿同父辈一样，过着安稳殷实的生活。为了心中萌芽的理想，他们反抗，他们逃离，他们斗争，从社会的一端走到另一端，掮起黑暗的闸门，振臂呼唤，渴望唤醒沉睡中的民众。

人常道“百无一用是书生”，但在那个年代，偏偏是这样一群书生，在中国掀起一场又一场社会革命，从文学到教育、从哲学到艺术，奠定了中国现代文化的基本脉络，将民主自由的思想深深种在无数青年心中。

他们从未披肩上阵，血染沙场，但手下的笔，犹如黎明破晓之号角；笔下的字，如同杀气磅礴之千军。尘尘刹刹之中，他们呐喊彷徨，纵使周遭被黑暗浸透，仍要在这黑暗中钉上一枚铁钉，让自由之光徐徐洒下。

有人说，时势造英雄。是民国那个动荡的年代造就了这样一批杰出的文人。但如果他们自身没有赤子之心与责任担当，即便身处和平年代，也未必会做出如此卓越的贡献。是时代让他们的理想更加坚定，是理想让他们的人生更丰富，是独特的人格魅力，铸就了他们传奇的人生。

九个不同的人生故事，却都在传递着同一种信念，那便是对心中理想的坚守。如今的人们有着丰富的物质生活，精神世界却一点点滑落无依。相比于他们，我们似乎更需要为思想充值，做一个真正“活着”的人。

读完他们的故事，你会重新捡起曾经的激情，回望自己曾经的梦想。不妨再去拼一次吧，给生活一点激情，给自己一个念头。

图书在版编目 (CIP) 数据

萧然独立，清雅千秋：那些民国才子的情怀往事 / 周小蕾著．—北京：现代出版社，2016.5
ISBN 978-7-5143-4389-2

Ⅰ．①萧… Ⅱ．①周… Ⅲ．①散文集－中国－当代 Ⅳ．①I267

中国版本图书馆 CIP 数据核字（2016）第 000905 号

萧然独立，清雅千秋：那些民国才子的情怀往事

作　　者　周小蕾
策划编辑　赵海燕　陈侠仁
责任编辑　赵海燕
出版发行　现代出版社
通信地址　北京市安定门外安华里 504 号
邮政编码　100011
电　　话　010-64267325　64245264（传真）
网　　址　www.1980xd.com
电子邮箱　xiandai@vip.sina.com
印　　刷　三河市南阳印刷有限公司
开　　本　890mm×1240mm　1/32
印　　张　8.5
版　　次　2016 年 5 月第 1 版　2016 年 5 月第 1 次印刷
书　　号　ISBN 978-7-5143-4389-2
定　　价　35.00 元